冯良 著

翻过
瓦吉姆梁子

四川文艺出版社

目录

笼中人

阿合领着他的表妹，随我刚出现在小区的岔路口，便掉进了三十米开外、五楼上我妈的视线里。

她陷在轮椅里，紧挨客厅的落地窗，看我们拐过弯，沿着她窗下的这条直路，慢慢走近，一边抿紧双唇，以防口涎溢出。

深秋，道路两边疏落的银杏枝叶，又难得没有雾霾的天蓝云白，明晃晃的阳光照亮的是我们，更加绵密了她如针的盯视。

这是她年初两次轻微脑出血后唯一的消遣。

春天时，我帮着她在同一个小区换了套房子，不惜倒贴人家八万元，从二楼换到五楼，为的是视野能远到这条银杏直路的分岔口，阔到能看见林家挂在树杈上的四只鸟笼子。

那里面关着两只鹦哥、六只虎皮鹦鹉。

有着绿和红羽的鸟儿让她时常伤怀，好像那是她的命运，轮椅就是她的笼子。

有时上升到哲学的高度，说，谁不是笼中人！

她还会嫉妒银杏路上骑车、走路，总之两腿有力的人。两个男孩起劲地把拢成堆的金色的叶子踢得四散开，一只京巴跷起一条腿来撒尿，也能让她恨声顿起，两眼怒瞪。

突然会给我打来电话，语气决断，令我去把林家的鸟儿都放了。而下一回，她会在电话里吩咐我来时给林家买几袋鸟食。我在这里交接鸟食，她在那里做俯视状，淡漠，持重，林家人呼应她、感谢她，至多竖起手掌左右晃晃。

林家的女主人肖阿姨因此常和丈夫弄眼努嘴，某次对我说："你妈妈快把我看毛了。"又一次说："你得劝劝你妈，别贴着窗玻璃太紧，当心靠碎玻璃，割破胳膊腿是小事，万一跌下楼来那可是大麻烦，命都可能不保。老林，"喊一声自己的丈夫求证，"我咋觉得老梅那天没坐轮椅，站得溜直，鼻子压在窗玻璃上，都扁了！"

老梅指的是我妈，全名梅红。

老林更咨询我："你妈的腿没事吧？不会是她想当然，认为自己的腿坏了？"

我不置可否，"嗯嗯"了事。

对我妈我也常敷衍，躲麻烦。就是每回在她的看视下极

其腿软，老远，便扬起胳膊和她招手，腿与腿相碰，鞋跟与
鞋尖相磕。

这次也是。

和往常一样，她不做反应，玻璃窗后板着的脸，浮厚、
灰白，身子紧绷绷，轮椅上的坐姿和埃及法老无二致，眼神
要再呆滞，偶然抬头看见她的路人大概率会打一个惊战。让
她往后挪一挪，不肯，反驳，五楼之高度，外明内暗，只有
她看路人，断无路人看她的可能。

路人看见她还不是分分秒秒的事？此时，我身旁的阿合
就在冲她挥手，边叫"梅阿姨"，我妈当真纹丝不动，毫无
反应，和窗户倒是有一定的距离。

阿合俯身问我："阿姨没看见我吗，没听见我叫她吗，
不理我？"不等我搭腔，他呼出一口气，轻而促，又问，
"阿姨不会改主意，不用我表妹吧？"

"只要你表妹别嫌她乱淌口水，勤给她换洗手帕，就没
问题。她要自个儿从轮椅上起身，甚至踱几步也装没看见，
别戳穿。这两条注意事项，不是一而再的都交代过了吗？"

进到电梯，居中的阿合诺诺应声，掉头又叮嘱他的表
妹，我猜是。他们用自己民族的语言——彝语交流，我哪能
听懂，瞧那情景八九不离十。午饭以来不断演示的都是这

样的情景：表哥殷殷、温温；表妹侮慢，别脸，低头，不应声。我的余光还能捕捉到表妹冷不丁的张目或横眼。

对我也不善，要不盯着我不错眼珠子，要不干脆无视我，在我面前还冲冲撞撞的。

这表妹高我半头，体圆肉实，浓眉大眼，唇还红肤还白，扩张力足够，给人的压迫感足够，天生优越，怎么就不友好一点呢？

毕竟年龄上我是大姐，资历上我是项目组组长，阿合也得叫我一声老师。难免不快。何况，这个家政的差事是阿合自个儿找上来的。

三天前，一上午不见踪影的阿合出现在实验室，不用他解释自己的去向，正在提取蒿属植物成分，一贯眼尖嘴快的小魏停下手上的活，问道："又当翻译去了？这回是迷路的人，还是小偷啊？"

从大学开始，阿合就被近旁、渐至稍远的派出所，请去协助工作，主要是做口语翻译，对象一般是自己的族人，多是出来讨生活的中青年男女。他们中年龄偏大的人基本不懂汉话，即便懂，说的也是彝腔浓重的四川话，有的还是第一次出远门。所以会迷路，会和同伴走失，会被骗工，甚至会被骗来帮坏人走私。也犯事，听阿合说，总不过小偷小摸，从超市，从人家开放的凉台上，再就是公交车地铁里，偶然一两起翻墙破窗溜锁入室的算大案。本来不刺激，阿合又不肯多透露，大家的兴致大打折扣，再则需要翻译的对象几乎是阿合的族胞乡友，考虑到他情之所系、心之所念，大小好奇心都得加以压制。

私下里，阿合会和我嘀咕说，和他打交道的警察犯起晕来也让他无语，前后有三两位，竟然把西南一片的少数民族，全当他的族人了。只要碰到一位操汉语以外，他们听不懂的语言，即便汉语方言的嫌疑人，就会找阿合去当翻译。阿合告诉他们西南有二十多个说不同语言的民族呢，他们打量他几眼道："难怪，就说长得不像你！"下回有理由了，逮到两个西亚的骗子，鬈发，鹰钩鼻子，宽肩膀，棕黑的皮肤，怎么看都是阿合的翻版，一通电话打来，让他赶紧去帮忙，结果不用说，更加错误。幸好阿合能辨别那两位说的是阿拉伯语，虽然半个词也听不懂。另有一位东南亚那边的嫌疑人也是阿合帮他们辨识出来的。开始竟质疑阿合，莫非我们的耳朵是摆设，明明嫌疑人说的话和你的一样呀！哪里一样？那话音像金属碰响，丁零零，阿合反驳道。

对同事的提问，阿合一般会应答，但只有题，没有内容，也不带情绪。被追问得紧了，摆出的冷脸孔能冻住好奇者的舌头。那天却铿锵地答复小魏：

"小偷，小偷，你当那儿是贼窝子啊！"

撇下小魏半张着嘴，呆在那里，绕来我的位子，长条条的身子，那么迫近，时时含笑的狭长的眼睛躲闪着，未语脸轻红。不奇怪，入职研究所三年，凡有麻烦别人的事时，他的表情都如此。平常和我的过往最多，只得我问他：

"有事吗？"

原来老家来了个表妹，打算在北京找活干。

他说，表妹的丈夫在邢台打工，没合适的活儿给他表妹干，他表妹想着北京好找事做，离老公那里也不远，就上门来找他帮忙。介绍说，他表妹汉话不错，在广东打过几年工，该懂的规矩都懂，勤快，麻利，讲卫生。

夏天以来，我妈换了三四个陪护，总不如意，正用的钟点工小邓，动辄给我打电话发微信，怨声载道，对象是她的雇主——我妈，她嘴里的梅阿姨，让我很有负担，成了这段时间我在办公室的话题，快路人皆知了。

"你表妹有当陪护或者保姆的经验吗？"

"给工厂的老板娘打下手，做家务活，兼带小孩。"

"照顾老人不同，费力不说，更费神。"

"她精力过剩，耗费掉最好。"

阿合带点切齿，咔咔地响在空气里，撼得我的头皮微微颤，不多瞧他一眼都不行，疑惑道：

"啥表妹，让你动气到咬牙的地步？"

淡去的红骤然再起，黑面孔转至紫色，涨得鼓圆，眼神慌乱，张嘴闭嘴，听见的竟是："姨孃家的。"不禁轻戗他：

"你这算什么回答，难道我关心的是你姨孃还是舅舅家的表妹吗！"

不想都被小魏揽进了耳里，嘴又快，那是没人可比的："你们彝族舅舅家的表妹亲还是姨妈家的亲？"其他几位同事也都凝神，期待一听。

阿合用力一喊："不亲！"

反应过度，在他极其罕见，就是聚餐喝酒醉翻天，也从不耍疯，嘿嘿笑过倒头便睡。小魏等人都睁大眼看他，再互相看。

我赶紧起身，拽他出来，当着他的面便给我妈打电话。

阿合和他的父亲

我的前后同事里，我妈对阿合有特别的关注，因为他的少数民族身份。

1960年代初，我妈大学时曾在贵州实习过，去的是苗族地区。由苗族推及包括彝族在内的少数民族，总说，他们解放前受尽了以大汉族反动派为代表的封建统治阶级的压迫，破衣烂衫，饥寒交迫，苦到吃黄连的程度，又身处深山老林，经济程度不高，解放后政府再怎么帮助他们，还是比较落后。自觉作为汉族的一员，也有责任似的，唏嘘连连，不自禁地又流露出有所担待的神情来。

某次，电视上慨然报道，凉山高山上的彝族群众四季在火塘边取暖、做饭，还席地而坐而卧。那地不过是夯实的泥土，或者就是年深日久被人的双脚踩平的泥土，潮湿、阴冷，严重危害他们的健康。为此，当地政府发起了一个坐小板凳的活动，也是扶贫的一个项目。活动开展以来，声势颇大，参与者众，送板凳和坐板凳的都纷纷表示……

消息传到我妈那里，变成了"有史以来"，给我打来电话宣称，她要送二百个小板凳给凉山的彝族群众，让我立刻去办。

我没和阿合打招呼，直接联系他父亲。阿合毕业分配来所后，我们多次去凉山调研，每次都受他父亲的请，吃一顿彝餐。

比较阿合，他父亲外向，喜欢结交，是当地远近有点声名的商人。主要贩卖凉山的山珍土货，如菌子、荞麦、花椒，以前没有限制或限制不严时，还倒卖过麝香、熊皮之类的硬货。

阿合的父亲比我妈还夸张，隔着辽阔高远的山水时空，我都能看见他那喜悦洋溢的脸，手机也被他炽热的没完没了的"感谢"弄得滚烫。我感到他夸的不是我妈捐献的板凳，而是感谢我能给他打电话，还有请他帮忙，这是信任他。

话语间，他表达了对在火塘边坐板凳的看法，他说，会被烟子熏得睁不开眼，还泪流不止的，坐得高，烟子朝上飘，不就飘进娇气的眼睛里了嘛。

他还说，他家的，和他朋友、亲戚家的火塘边，从来不但有小木凳，还放着蒲团，哪怕几截木墩，除非调皮捣蛋的娃娃，没有人会一屁股坐在凉冰冰的泥巴地上的，又不是傻瓜。而且，现在好多人家不是三合土地，就是滑溜溜的瓷砖地。

他让我把他说的意思都转告给我妈，当然，包括他的谢谢。

"谢谢"这个词，他用汉话说，也用彝话汉音"卡莎莎"表达。他再三让我练习"卡莎莎"怎么说，还让我务必教给我妈，他保证我妈肯定高兴。

果不其然，我妈那段时间见谁都"卡莎莎"，其实是为讲这"卡莎莎"的缘起，自我表扬不含糊。

那两天我超忙，板凳的事转手给丈夫刘曦冬办，他老兄会错意，多添了个零，百变千，两千。货发到阿合父亲在西昌的门面，哪里盛得下，直堆到大街上。

阿合听说后，笑得前仰后合。

我妈生病前，请阿合来家做过几次客，他的妻子小季也来过。

不过家常的饺子、炸酱面、烧饼，配几碟稻香村的肉肠酱肉杂拌儿，每回连推荐带介绍，我妈的口水都快说干了。尤其饺子，从状如元宝的外形说起，再到馅儿，选料、剁、调没一个放过的。所用的肉，不管哪种，都说得跟龙肉似的。

嫌阿合捏筷子的位置太低，捉住人家的手，把筷子当爬竿一点一点地攀升，终于到了我妈她老人家认为合适的高度，所谓吃国宴的水准，她倒是吃过哪怕一次呢。

老纠正阿合的发音，舌尖伸直还是打弯儿，前鼻音后鼻音，最后把自己都搞糊涂了。

卫生、教育也是她关心的，殷殷问，老百姓人畜共居一室的问题解决得怎么样？柴火还得爬老高的山才能砍到吗？真如我爸在世时奚落她的，那一副表情不知道的还以为她是哪位胸装广大人民群众的资深女首长呢，其实不过单位工会里的一介工作人员。大概她的单位隶属部委，沾了点她自以为的官气吧。

我替她窘得不能够，叮嘱她阿合他们再来时说话注意，阿合又不是海外来客，是中华民族大家庭中的一员，和我们只是地区风俗的差异，礼仪、饮食、服饰自成一美，不必惊乍。

还是惊乍。不看好阿合找汉族老婆，说，民族不同，文化、生活差异不好调和。

给她讲了多少次阿合、小季是校园恋人，儿子都六七岁了，仍然恩爱有加，是我们研究所推崇的模范夫妻。她听不进去，腔调难改。

　　小两口的外在形象在我妈看来倒是十分赏心悦目，也新潮，竟然知道"颜值"一词，阿合带着小季第一次来家给她拜年时，立刻夸他们颜值相当，男帅女美，小季依着阿合，小鸟儿一样乖巧，又伶俐，眼睛亮晶晶的，盯着的只有阿合。

　　紧赶着问：二人世界就那么甜蜜，连儿子都容纳不下吗？

　　答称：爷爷奶奶舍不得，计划在老家上完幼儿园再接来上小学——岂止，小学三年级才接来，这是后话。

　　马上点评老人带大的孩子情商弱、社会适应能力堪忧，"噫"一声，点评升级，不理解阿合两口子为啥要把孩子放在乡下，还是闭塞的少数民族山区，汉话都没的说，孩子肯定输在起跑线上。

　　小夫妻说，当妈妈的要出去留学，不得不请父母帮忙照料孩子几年。我取笑那对小夫妻：

　　"谁让你们猴急，大学没毕业就怀上了孩子的！"

　　那是三年前的事，到现在儿子都九岁了。前不久，小季回国后刚接来，插班进的是二年级，担心跟不上，本来该上三年级的。

阿合告诉我，儿子被他父母放养惯了，适应起来很让小季和他费神，有时候还得劳驾小季的父母帮忙，幸好两位老人住的小区和他们家之间，公交车只有三站的距离。

阿合说，担心正在适应新环境的儿子受打扰，他安排表妹住在宾馆过渡了几天，没引回家。我们就是从宾馆接上他表妹来的我妈家。

要说，我妈也很给力，听我电话里告诉她说阿合在给表妹找活干，请她帮忙，觉悟立现：

"应该帮，应该帮，生活在山区的少数民族孩子不容易！家政那边你打电话，钟点工就用到这个月底，反正也没几天了。"

都不容我说完阿合的表妹来帮工只是暂时的。下一步，阿合计划让他表妹去接受专业护理培训，费用由他负担。

不消片刻，钟点工小邓的电话来了。抱怨我妈辞退她也不提前打招呼，害她打工出现了空档期。问我，我妈是不是嫌她干活不得力。

我妈确实嫌她个儿矮胳膊短，够个东西都费劲，甚至当面奚落人家："我坐在轮椅上都比你高。"

我安慰她，周末两天可以去我家干活。

她稍松口气，又抱怨："要来的是保姆，还是祖宗啊，你妈今天扣着我不让走，让多干两小时，北房那一通收拾啊，桌子板凳窗玻璃犄角旮旯没一处放过的，还让铺被子理床单，嫌被褥薄了厚了，最后用了你的那套。"

和妈妈没有相处之道

门起处，伴随着电视里综艺节目的欢声笑语，我妈渐次呈现，表情、身体都很昂扬，一改我们在窗外所见的漠然，让我越不能相信她的自诉：身体空乏、四肢无力，能依赖的只有轮椅。

相比之下，无法控制、不断溢出的口涎，才是她轻度脑出血的后遗症。此刻，她的嘴角、下巴上几条流迹时隐时现。或许，只有我注意到了，对她过于敏感。

我妈比之我们，虽然矮半截，却挺胸直腰，自岿然。阿合趋前，躬身，长身长腿，不惧憋屈，先和她寒暄，再热烈地介绍表妹：姓吉克名史尼，单叫史尼就行；从哪里来，干过什么，怎么受雇主赞扬，要不是自己不肯，已经被雇主带去香港了，不一而足。

就着与我母亲拉手，顺势把他表妹的手递给了我妈。

我妈接住，捏捏，再在手背上拍拍，抓在指间的布片耷拉着，色黄颜暗。看得我直担心湿漉漉、凉冰冰地蹭在史尼的手上该多尴尬。

我妈问"史尼"在彝语里是什么意思？回答："金子。"要求将吉克史尼四个彝音汉字写给她瞧。有笔有纸，立刻写得，歪头在阿合的手上看看，嘴巴启合频繁，攥紧布片，忙着揩流涎。

见状，我疾步过去想怎样不知道，紧着侧身隔开我妈和那对表兄妹，让他们彼此不得见、不得接触。

还没妥当，我胳膊上来了一只手，很轻易地便把我划拉到了一边，是阿合的表妹吉克史尼，一口带广东腔却流利的普通话，哪里像她表哥说的"粗通汉语"：

"阿姨，口水滴地上了！"拿过我妈手里此时已被口涎浸湿的布片，竟在我眼前摇荡，似溅了些细毛毛涎雨在我脸上，躲之不及。这姑娘掉过头来问我，大声武气：

"姐姐，你家没有吸水强的小毛巾吗？"就手在挂在轮椅上的小塑料筐里拨拉，"嗯，都是旧秋衣秋裤剪的呀，茸茸都没了，难怪不管用！"

又叫我一声"姐姐",问:"卫生间是哪间?"不等我回应,一环顾,判断精准,"我洗洗这布片儿去。"貌似嘀咕,其实在说给我们听,"一块儿合适的都找不到,要不说越有钱越小气呢!"

阿合压低嗓门但加力,像在喝止她,用彝话。

她满不在乎,先征询我妈的意见,要求拧小电视声,竟然得到了同意,再踢踢踏踏地直奔卫生间而去。即刻,水声哗哗,搓洗声起。接着,柜子开合,噼里啪啦,捎带翻东弄西,窸窸窣窣。

阿合作势要去干涉她,被我妈拽住衣襟,一边摇头加以阻拦。我冲我妈眨眨眼,表示不理解,我妈微启唇,说:

"这姑娘不嫌弃我的脏口水!"

我扭头,递了个眼神给阿合:他表妹合格,被我妈录用了。

史尼再出现时,手里多了两条洗脸毛巾,新的,还拿着把剪刀,征求我们的意见,可不可以先剪了用。在她看来这两条毛巾的质量一般般,说,她在广州干过毛巾厂的活,我家这样儿的就是残次品,回家过年,当礼物送人都不好意思。

也不坐,蹲下身,就着茶几,咔嚓几下,把两条毛巾分段各剪成三截，再收拾散在茶几上的碎线头。

她上身前倾，乳房沉甸甸、颤巍巍，轻搁在茶几上，貌似没戴胸罩，身上的卫衣小了不止一号，紧绷绷的！

这一阵忙下来，她的脸颊、额头润泽有光，腾腾的，好像在生烟。然后，生养过孩子的妇人都熟悉的气味——奶腥气，也跟着弥漫开来，带点馊，闷了我一头，都有点晕了。

见面以来的那种感觉又坐实了几分，话到喉头，不吐不快。却被我妈攥紧手腕，直朝我瞪眼，大摆头，我只能心里发声：

"表妹，你在喂奶吧？"

晚上九点过，接回来上完晚自习、明年就要高考的女儿刘俞，铺排开给她准备的夜宵，正做喂食状，我妈打来电话，先斥我白长了岁数，不是她拦着，差点出口伤人。说，人家不告诉我们，就是暂时不想让我们知道，怕我们不接受她打工。我妈嗓音低低，似在担心隔墙有耳。

我说："阿合他表妹有正吃奶的小孩儿吧，没错吧，明明您也看出来了。这阿合也不说一声！唉，怪我没多问一句。"我抱怨道，又问我妈躲在哪里打的电话，她既不容我申辩，也不回答我，自己放言，只是换成了书面语：

"史尼确实在哺乳期。"又责备，"为什么不搞清楚就引来我家！"

"我那不也是刚发现吗，您还拦着不让揭穿！要不，明天我让阿合领回去？"

"可别，"我妈紧忙道，"我已经下决心留下史尼了，你别去生事。再则，史尼说，阿合只知道她有个女儿，不知她为挣奶水钱，舍得把八九个月大的奶娃娃丢给婆婆。史尼心气高，不愿意她表哥可怜她！你也别告诉阿合，要说，让史尼自己说。"

"她男人不管吗？"

"管的话，史尼能撇下奶娃娃出来打工吗？可怜啊！"音量拔高，替人激愤。

"真够事儿的。"我说，提醒我妈别滥发同情心，搞不好，哪天史尼把奶娃娃给背来也可能。

听见她倒吸口气，哧哧响，问我："你觉得会啊？"

没好气："不会！"

我妈顿了顿，好似在说服自己："史尼给我擦口水时眼神不抖，脸上的肌肉也没抽抽。哪像小邓，嘴巴紧闭，眼睛也不看我，人都僵硬了，嫌我嫌得作呕难耐啊。史尼呀，她让我很安心，没有压力！"用不着呼应她，听就是，"史尼的厨艺也不错，晚饭给我煮的虾肉粥黏糊，有拉丝，不带腥气，回甜。史尼说，她拿手的还有鲍鱼粥，香得呀，把教她的人都比下去了。明天来吃吧。再给刘俞和她爸捎回一盒去。嗯，搭腔呀，来不来？"

"再说吧，"我说，慢腾腾地，"好几天不做饭，冰箱里的菜都快放坏了。"

一边担心我妈说我找借口，话也现成："刘俞她爸不让你来吧？"

确实，她每回说的大致不差。

此刻，刘俞她爸就光着脚在我的拖鞋上碾压，不耽误囫囵从他女儿那里蹭来的消夜，一碗云吞。

他小心眼，嫌我总往娘家跑，老是觉得自己被慢待、被忽视。那感觉渐渐滋长如云团，乌而沉地压在我的头顶，成了我的原罪。尤其为我父亲端遗像那事，伤了他的自尊，深恨别人把他当倒插门女婿打量。

话筒那头，母亲对我的回应表示赞同，很难得。"别浪费，"她说，"改天来吃鲍鱼粥不迟。"

我妈一通情达理，我就顿感歉疚，从来如此。我抽出脚，反踏在刘曦冬的脚上，他哑着嗓子嗷了声。

换话题，我问史尼呢？听我妈凡牵涉到她便压扁嗓门，还以为那姑娘近在旁边呢，不料回答：

"睡下了。怕自己打鼾吵着我，关着门呢！"

"那您还轻声细语的？再说，你俩各在卧室，她关着门，您也关，又隔着客厅，您也太小心周到了吧？"

"在背后议论别人已经很不道德了，难道还想让人家听见啊！"

不管是面对面，还是话筒两头，话到戗的份上，我妈和我的对话一般来说就宣告结束了。

如果是电话，我得等她先挂电话，她也在等我回复她再反驳我或者以势压服我，总之，尾得收在她那里，所以很多时候我们各自捧着话筒凑在耳边，听见的只是对方的气息声，控制住的。

要是当面，我先收眼锋，偶尔过于激烈，非但收不回来，都不能眨眼。被她陡然一喝："想吃了我啊！"紧眨巴眼睛，泪不是喷出来，就是灌进鼻腔，再回流脑门心，酸麻难当。

相持过后，我妈今天的表现再次出乎我的意料，没有像平时似的直接撂话筒，而是吩咐我赶紧安顿刘俞睡觉，不必为重点大学挣命，她说，只要在学习、掌握文化知识就足够。说得跟真理似的。不知当年她那么痉挛地鞭策我，连骂带嘶喊还动手的，妄想我不拿下北大清华不行的劲头哪里去了。说来，都是她在要求我，时过境迁，现在她需要的是我随叫随到。

只有我在伪装快乐吗

第二天一睁眼，我就让自己相信，我妈短时间内不会使唤我，她和阿合的表妹需要磨合期，别人，包括我的出现，除了打扰她们，一点忙都帮不上。

至于刘俞，翻年，才是她的高考吃劲期。

此时不走，更待何时。身怀得救的心情，我招呼阿合、小魏，一溜烟，上了青藏高原。

那里的一个地方所夏天以来就在邀请我们，让去帮他们鉴定在阿尼玛卿雪山发现的两种植物。替我们采集、收购的包括绿绒蒿在内的几种蒿属植物，也让我们顺便带走。

刚下飞机，地方所此番答应陪同我们调研的老权来电话说，他有私事相求，让我务必支持他。他说，他的亲戚请他做顾问，利用同样的生境、同样的土壤，培植人工虫草多年，几年以来，抽检的各项指标堪比野生虫草。等新虫草下来后，想请我们实验室也做一次抽样鉴定，能出份鉴定书再感谢不过了。他信心满满，豪言打败野生虫草指日可待，连上市公司都能成立。哈哈一笑，竟然问我感兴趣吗，可以投资哦，绝对阳光产业。

没想到老权会夹带私货，我告诉阿合，不满溢于言表。阿合反应激烈，称，不如改道去别的地区，要不打道回府，叫停这次的差事算了，让老权有劲使不上，也免日后得罪他，绝无可能给他那所谓的虫草出鉴定书！

叫停？未免太小题大做了吧！万一人工栽培的虫草在效用上胜过野生的，虫草神话崩盘也可能。那样的话，每年六月起为期三个月的虫草挖掘季也会渐行渐远的，青藏高原上那有着冬天是虫夏天是草的座座山岭，也不必年年都跟狗刨过似的了。

说话间，我们一行先西宁再海南州、海西州，尽在阿尼玛卿山脚下转悠。

耀眼的雪山衬得天空寥廓而高远，根部尚存绿意、已然干黄的草花茎叶，风强劲吹来，仍能带起阵阵馨香，丛丛刺梅、野枸杞、酸枣枝叶，黄的红的，缀满半山原野。被称作海子的片片湖泊也蓝也清，点点的牦牛、羊儿，黑白相间，远远望去，犹如静止的风景。

半个夏天，淤积在肺里的烟霾尘埃，烦心的公务、家事，被高原清冽、干净的空气洗刷一空。

车停处，我放空自己，在平地和缓坡上迅跑，又憋住气，敞开喉咙，冲着远山近水吼了又吼。

先还有阿合和小魏相随，三五回后，只有我一人在夸张抒情，做快乐状，不免羞赧，稍加收敛。

老权，包括司机，连看我发疯的兴趣都缺缺，如我般的所谓城市病人他们早已见怪不怪，唯一能提起他们兴致的是圈养虫草的可能愿景。

阿合呢，一副心事重重的闷模样。

小魏也愁绪满怀，但他一吐为快，唠叨的话题，离不开给即将上小学的儿子买学区房如何凑款、贷款，又如何和房主、中介斗智但忌斗勇，还要充分地装傻充愣。

阿合并非不呼应我，但都慢半拍，还多是敷衍地笑，偶尔鼓掌、叫好。

原因当然不是我收留了他的表妹，我们互为呼应已非一朝一夕，同事加朋友，也得一见中意，阿合与我便是这种缘分。

　　四年前，那个秋末清冷的早上，新人阿合第一次出现在实验室，介绍到我面前时，他公事公办的脸舒展开，确属发自心灵的欣喜，看向的是我的身后，穿透的是窗玻璃，他说："不愧是南北通吃的花啊，霜降都快结束了，树叶也黄了落了，就它们还姹紫嫣红。"

　　他指的是院子里的月季花，眼锋一转，欣喜过渡给遗憾。"干燥地方的花，"他说，叠着他的话音，我也说，异口同声："好像塑料做的！"

　　从此，开启默契，人事公务上如此，出差时也特别凑趣、放松，雪地里打滚，下河摸鱼，上树摘果，多次化险为夷，惊马，雪崩，野菌子中毒……中毒事件对我们的职业而言简直是笑话，专业人士居然被四姑娘山的菌子毒翻了，尤其阿合，再不敢轻易夸口来自大凉山的野菌饕餮生涯了。

　　这天，在东道主请吃的晚餐上，有两道菜的食材主打草原菇，我觉得菌帽表层的油黄色和瓷实的菌肉与他们家乡的鸡油菌可以一比，阿合不置可否，神态并不在现场，又觑了眼手机。

　　北京出来，不断看信息、打电话成了他的新习惯，强迫症似的。接听电话还专门避到一边，侧身，半捂着手机，不是一般的诡秘。如果在行进的车里接到电话，他会简短地回答对方，不方便接听，等他打回去，或者瞧眼号码，直接挂断，特别声明，又是骗子，骗贷款骗买房子骗参加P2P，骗一切，不被骗，最主要是不被骚扰，自然就是挂断了事。

有两次他特别拽着我落在人后，为的是告诉我他的电话内容，都和孩子有关，妻子小季敦促他早点回去，说，自己应付不了儿子莫勒的家长会，尤其是儿子班主任的特别召见。

他们的儿子被班主任封为"四大金刚"第一。他的淘气和城里的孩子很不一样，按班主任的定义比较老旧，而且乡土，所以搞笑：弹弓打鸟，上课也敢乱瞄，玻璃窗被打穿了一个洞；把自己的凳子当作马来跳骑，无视正在讲课的老师；公然将揉成碗状、盒状的稀泥巴，抡圆了胳膊，摔打在课桌上，耐心地观察因此出现的破洞的大小，破裂度高的会引来他的欢叫；凉山老家养熟的一只麻雀，被他偷带到教室，居然能立在他的肩上唧啾，要不就在课堂的上空飞来飞去，逗得一干小学生玩心泛滥……

上述种种被莫勒的班主任视作老土的玩法，在我小时候，男孩子不论城里乡下的，都很精通。阿合单独和我，或在办公室讲他儿子的此类趣事时，听者如我如同事，年龄四十上下的，没有不莞尔的。二三十年的光景，这些前网络时代的玩法已经是"古风"了。阿合因此称他的儿子玩的是穿越，不仅是时间上的，还有空间的，从凉山到北京，从乡村到城市。

这一次因为有同学拨弄他儿子头顶那绺象征魂气的发束，引来他的追打，结果打掉人家的一颗门牙，幸好是乳牙，还已经在动摇期了。

魂气一说让对方的爸爸极度不安，本来已经达成的谅解岌岌可危。阿合说，那位爸爸质问小季，莫非你们还会做蛊？那可就不是男孩子之间小小不言的斗殴事件了，必须诉诸法律。

连班主任都被惊得跳了起来，她劝道，咱们可不兴打官司！

至于做蛊这词儿，她怯生生地表示自己刚打师范毕业两年，社会知识缺乏，请教是什么意思，两个字如何书写。

那位爸爸先对付班主任，告诉她，她缺的不单是社会知识，还有书本知识。要来纸笔，一笔一画地写给班主任"做蛊"两个字，边解释。听得班主任脸发白，自己说，打了几个寒战，吓够呛。

她的领悟力、联想力都很强，她说，这不就是诅咒吗？《盗墓笔记》里有的是这类故事，在谁的鞋里、衣服褶里、枕头下塞张画着小人小鬼、写着咒语的纸片，再扎上几根针，那人绝对生病，还有可能一命呜呼。

那位爸爸和她一拍即合，高调宣布，他所谓的法律不是一般意义上的，他指的是文明法。他声称，凉山又不是太平洋上那个与世隔绝，只住着茅草遮身、长矛在手的土著的小岛，发射卫星的地方，现代科技超一流，哪有魂气这种迷信调子的立足之处！

却把住莫勒的肩，让他在自己面前旋转一圈，轻蔑地说："魂气应该藏在胸怀，怎么会在头顶呢！这么个小屁孩，囟门都没闭，魂气不溜走才怪！"

自觉理亏，道歉不断的小季护儿不及，眼睁睁看着儿子被那位爸爸当陀螺，虽然只转了一圈，那也气得七窍生烟，再听他大话满嘴，迷信脑袋比谁的都硬，忍不住嘿嘿冷笑。又听那位爸爸放声警告：

"离开你们后的分分秒秒，我儿子身体或者精神要有一点点不适，就一定是你们放蛊了，除非把你们儿子头顶那撮毛剪了！"

我听着也笑，问阿合："剪吗？"

他说，剪，但得等他出差回去，小季不敢剪，一怕儿子闹腾，二怕有违阿合他们的风俗。

"所以呀，"我下结论，"别说你们民族不同，我和老公，北方南方，都很有文化上的区隔。口味上他甜我咸，有什么关系呢，竟然被他看不起，好像吃咸的多上不了台面，丢人似的。"

正发挥呢，余光扫见，阿合做个抱歉的手势、表情，又闪一边接电话去了。

相隔两天，早饭时间，餐桌对面，阿合就着豆浆忙慌慌地在吞吃面包、鸡蛋，间隙，告诉我有急事要先回北京。

我这才发现他随身的行李——一个双肩背包一个挎包都带来饭厅了。

我以为还是他儿子的事呢，那位和麻雀亲密无间却老得罪同类的孩子总让我挂怀。

但再挂怀也不足以抵消瞬间感到的怠慢，难道我这个组长衔同虚设吗，连招呼都不打，就敢擅自离去？这也是之前从没发生过的事，我难免惊讶！

何况，何况，想到后半程上全是小魏那张自感多谋善断的窄条子脸，尤其那双骨碌碌飞转的蝌蚪眼，先就眼晕了！

一边听阿合答称，儿子的事也是一方面，头顶发，那绺天菩萨，得剪，得赶快让他和同学们打成一片，老受排挤可不行。

他嘟噜的这串话等同于他不辞而别的后缀还是开场白，听得我直发蒙。

等他说及正题，方知他是在响应警方的召唤，不惜撂下本职工作，也要去助力警务，一路上的电话可不只小季的。

他说，他订的是当天十点半的飞机。

"机票订好了就可以走吗？"我没好气地劈头道，窗玻璃上斜打进来的阳光满洒在我们身上，我的脸和头顶热辣辣的，心也燥。

他挠挠头皮，说，他要辩解昨晚自己下决心订回程机票时都快十二点了，怕影响我休息，才没向我告假，我肯定不相信。

说着，他下颏轻抬，眼睛半眯，咧嘴笑笑，自认确有先斩后奏的小用心，表态："如果您不同意，我可以退票。"

"不怕你把球踢给我，让我做决定，你以为我不敢让你退票吗！"我说，不依不饶，"我就奇怪了，虽说我知道你对自己的乡亲充满了爱心和服务精神，可具备你这种条件的志愿者人选，警方储备的又不止你一位。你不是告诉过我，比你更有资格更懂政策也更合适的人选在民族院校和相关民族单位吗，怎么这回就非你莫属了？还有，你不是也曾有过

'将在外军令有所不受'的时候吗？说来我听听，这回什么军令让你不能不受了？再说，警方哪一次强迫过你吗，不都是看你的时间由你确定的吗？有过吗？"

"没有过。"阿合示弱道，绕来我这边，和我并肩而坐。

他说："这回有所不同，我必须去。理由嘛，俞组，您不必知道，烦心！"看我欲罢不能的样子，勉强道，"涉嫌跑路的家伙，我间接认识。"略一停顿，"就在昨天，警方发现了他的行踪。"

我"呀"一声，说："不会有危险吧，你？"

可见，需要阿合提供帮助的当事人，并非全是他嘴里的最严重也不过几个小偷小摸，眼前这位凶徒无疑，要不他有啥好逃的。

阿合说："我间接认识的这人涉嫌的是经济纠纷，只对欠他钱的人凶，我可能帮助他，他感谢我都来不及吧。"

"你不会被同乡情蒙蔽吧，搞不好，会引火烧身的！又或者他终究被抓住时，嫌你帮警察，找人报复你呢！"

"看吧，就知道您会担心我，所以不想和您细说呢！您放心，横竖有警察保护我的！"说话间，一探手，越过桌面，将背包挎包够过来，分别安置在自己的肩上背上，很是自然。看定我：

"飞机不等人，俞组，您定，我是走还是留？"

我还有啥定的，相送他来到酒店大门口坐去机场的出租车。

那一片车来人往乱纷纷闹嚷嚷中，响起小魏的声音，喉前音，矛一般穿刺而来："干什么去呀，这是？"

优秀的松茸

眼望载着阿合的出租车徐徐汇入车流，小魏在我旁边，感叹说："阿合不如转行，当警察，也算了了他爸的一个心愿。"又说，"阿合他爸挺有意思，嫌做小买卖不过瘾，非要把自己当过生产队民兵排长那点尚武的情结传递给儿子！"问我：

"如果阿合愿意，能转行当警察吗？"

"谁知道！"我说，让他赶紧收拾，自己也回房间准备，等地方所的车来接，开始今天的日程。

小买卖？小魏也忒瞧不起阿合的父亲了吧！

那得看跟谁比，我就觉得阿合的父亲靠一己之力，能把一家老小从山旮旯先移到县城再移到州府西昌，已经很成功了。

他父亲在西昌叫四牌楼的老街上，贳了两间临街的老房子，后面住人，前边和相邻各家一样，辟成铺面做买卖。

货品来自深山老林，木耳、菌子、花椒、核桃、蜂蜜号称原生态，至少是门牌上那位穿着花色艳丽的彝装、笑眯眯的女孩指向所示。

按上面的文字，这些山货可不是来自随便哪座矮山低岭，而是海拔两千米的瓦吉山。那里人烟稀少，山清水净，唯有鸟儿飞，千年百年的大树遮天蔽日，又有灌木丛生，四季叶落，花果铺地，年深日久，腐殖质深厚，生长于其中的山珍因之富有这种那种有助于人类长命百岁的元素。

阿合笑说，他爸没常识，凉山平均海拔一千五百米，和他那海拔两千米的瓦吉山有什么区别，竟敢豪言瓦吉山的山珍好过别的山岭！

那是我们去凉山出差，第一次随阿合到他家做客。

我们进去时，几个游客装束的男女半围着一位五十多岁的男子正热闹，阿合告诉我们，那男子是他爸。

阿合他爸比较着左右手里的松茸，说，他右手那支，菌帽乌亮，像钢盔；菌腿润白的色泽，像珍珠；香味呢，除了松林雨后的气味，更多的是腥味，带点臭鱼烂虾的味道。话未了，一个喷嚏，又说，自己最受不了那气味，不过，他在适应。据日本人说，松茸可以防癌，他说，大家都知道吧，他就不浪费众人的时间了。

最后，他宣布，经过比较，他右手那支松茸好过左手的，而那支松茸所来何处呢，来自门牌上的瓦吉山。"瓦吉山啊瓦吉山，"他吟唱道，"瓦吉山上的松茸个个都优秀！"

"优秀"一出，引来一阵笑浪语喧。

他却自从容，让这位那位游客："来，来把眼睛贴过来，贴在显微镜的镜孔上，看个清楚、明白！"

显微镜已经够新鲜了，老天，他竟在讲解两支松茸在显微镜下展露的不同程度的维生素、纤维、氨基酸，围观者呢，还尽皆点头、诺诺。

张目细看，显微镜的旁边还放着植物盘，上面悬挂着的植物灯蓝光幽幽。墙上更挂着几幅云贵高原的植物分布图，凉山部分特别圈以红色，已很醒目，犹嫌不足，手绘了一幅凉山菌类分布图，松茸、鸡𥔆、牛肝菌、青冈菌等罗列其上，都是标本式画法。

要不是四周的货架上摆满了各种土特产品，恍然间，我还以为身处哪里的植物工作室呢。

瞧眼阿合，他憨笑说，这都是他爸通过他弄来充门面的，手绘图也是他提供的。不过，主意都是他爸的，他说，他爸跟风快，还打算把山里的老房子翻修成民宿，供夏秋相随他采蘑菇、摘野果、看山景、听鸟叫的游客用。

"我说嘛，原来你家在瓦吉山上啊！"

"这下您知道我爸醉翁之意不在山在乎老家所在了吧！"

说话间，他爸冲着我们过来了。

但见他西装大敞怀，露着松垮、颜色不明的秋衣，踏步虎虎有生气，两衣襟被带动起来扇乎得像鸟翅，一把握住我的手，左右晃晃，再用力一回收，像我这般好歹也有一米六五高但到底细弱的女子，便被他一爪薅进了怀里，猝不及防，脑袋直接碰在他弯曲的胳膊上，翻眼努力望上去，是他的俯视，眼神着力、热切，嗓门放开，从欢迎、热烈欢迎、俞组长不嫌弃我们家脏乱肯来做客过渡到：

"俞组长，感谢你像亲姐姐一样地照顾阿合，不然的话，阿合好可怜哦，爸爸家的亲戚在北京一个都没得！"

啧，好像我是阿合妈妈家的亲戚似的，这种套近乎法够新鲜的!

　　好不容易挣脱出来，旁及的是阿合抱歉又无奈的眼神。回头，见他母亲把一块儿绣片连线带针放进身边麦秸编的篮子里，两手聚拢在腿上，微微笑，带点羞怯。母子俩心相映，眼梢嘴角都在互动。阿合长相、身段更像母亲，清秀、直溜。

　　请吃饭时，阿合的母亲把小莫勒支到阿合那里，挨坐在我身边，专拣松茸、鸡枞给我。遗憾地表示，餐桌上的坨坨肉点自餐馆，不如乡下自家养的吃野草喝泉水的小猪儿肉香。

　　客套间，不断为自己的丈夫打圆场，说，他心肠好得很，就是热情过度，搞得俞老师你不好意思了吧？她没有跟着她丈夫叫我的头衔：组长。

　　她说，阿合的父亲年轻时就是村里的能人，会动经商的脑筋，随着朋友们辗转在山西陕西下煤窑、做窑工，一边贩卖花椒、辣椒。先是随身带在蛇皮袋里，三两次后，蛇皮袋变成五十斤装的麻袋，还是随身带，慢慢地变成七袋八袋后，就交给火车托运，半车皮一车皮常有的事，最多的一次三车皮。阿合他爸常笑称，黄土高原吃麻的新嗜好，说不定就是他带去的。

　　渐渐有了存款，也为做生意，阿合他爸把家迁到了县城，先租房后买房，娃娃们跟着都上了县城的学校。

阿合是老大，来县城时刚上小学四年级，凭着乡小学的底子，汉话都说不利索，没想到一个学期过后，不但汉话呱呱叫，语文算术也越来越好，成绩在年级数一数二，直到考上大学，又留在北京工作。

阿合母亲的话题围绕的都是儿子、丈夫，正说着，他父亲端着酒杯过来敬酒，让我随意，他干杯。

干了杯中酒也不走，说他的烦恼，因为阿合不听他的话，不愿意当警察，成年累月不是大西北就是大西南，从这匹山跑到那匹山，对着不能吃不能喝的花花草草发呆，发神经！说，他都不好意思和朋友吹牛，没面子啊！

声称，阿合天生就是当警察的料，大学毕业时，公安局就要他，鬼迷心窍，竟然不干。其实，现在改行也来得及，不是刚得了"助警模范"的称号吗？抱怨阿合瞒着他，用酒杯指指小魏说，要不是小魏告诉他，他都不知道。"多有面子的事啊，派出所的领导亲自去你们单位颁发的。"让我劝劝阿合，说，阿合特别尊敬我，会听我的劝。跺足，发狠道：

"要不，我再找毕摩给阿合叫个魂，把他拽回正道来，谁知道他的魂丢在哪里了！"

阿合父亲说的毕摩是彝话，可以对应的汉语词为祭师。

桌子对面一直在照顾儿子吃饭的阿合闻声起立，移步过来，不用彝话，用汉话，想让我也听分明，他说，随便他爸找巫师还是找更高一级的祭师给他叫魂，都是无用功。如果起作用的话，他早就当警察了，又不是没给他叫过魂，五六次不止吧，白花钱了。他让他爸省省心："我这辈子绝不会称您愿的！"

"给我们生了孙子，考上了北京的大学，还在那里安了家，"他妈妈柔而慢声，"多大的愿望儿子都给我们实现了。"瞪眼丈夫，"还敢贪心的话，走在平路上怕也要崴脚哦！"

我注意到，阿合的妈妈先说阿合生孙子，再说阿合上大学、在北京安家。看来不论汉人、彝人，孙子都是传家的宝贝啊！

一个治安志愿者的阅历

就是那一天，阿合告诉我，自己充其量只是一个治安志愿者，帮民警分担一些甄别、翻译、调解的工作，涉及的不外是迷路、被骗、寻亲、小偷小摸，基本属于民事范畴，刑事方面的偶尔一回半次，也在外围。

可怎么给他爸解释都听不进去，就是觉得当警察荣光、有面子。阿合帮助乡亲有功的事例老挂在嘴上炫耀，确实也有当事者上门或通过亲友向他爸致谢的，还收到过当作谢仪的鸡或鸡蛋。

阿合说，他上大学时，派出所来学校找志愿者在他之前已成惯例，不单他附近的派出所，很远的派出所也有找来的。联网后，需求量有所增长。

找来的派出所，基本上都是请少数民族学生、汉语南方方言的学生当翻译。操这些语言的当事人，让派出所的北方民警大伤脑筋，不知所云，更无从明白求助者的诉求，以及涉嫌违法者的情况、背景了。

阿合大二那个秋天，附近的派出所来了一位貌似干练的农妇，五十出头。

自诉，随在北京一家餐馆里做厨师的儿子等一行去香山赏红叶，红叶没看到几树，也没啥看头，比不上秋天老家山上的梨树叶，那才叫红和透亮呢。游玩的男女青年，反而比红叶惹人眼目。三下两下，还不就跟错了队伍，儿子等一干人不知去了哪里。

扯起嗓子喊，着意打望穿牛仔衣的男孩，有几位的背影实在太像儿子了，扒拉过来一看，全不是。

天黑下来，漫山的人陆续都堆到了公交车站、地铁站。记得来时坐的公交车有个"3"字起头，拣了辆带"3"字起头的就挤了上去。从头坐到尾，下车后，天已黑尽。

幸好兜里有儿子给的几个零花钱，囫囵吃了屉小笼包子，一边向卖包子的人打听儿子的餐馆。

怎么打听得到？她说的是彝话，间插的三几个汉语词和彝话也没区别，人家听着直摇头。其中一位女服务员热心，引她到最近的派出所求助。

这都是阿合来到派出所后她絮叨的，神情好像盼来了救星，一直抓着阿合的手不放。

通过阿合的翻译，不费吹灰之力，民警就帮老妇人找到了儿子所在的餐馆。那是一家彝式风味餐厅。

第一回就旗开得胜。

又有一回在火车站派出所，一位老者扎撒开双臂，紧护着自己的大小四五件行李，从其中的一个包里散发出的熏香味，绝对来自阿合家乡的腊肉香肠，那是用高山上的柏树枝焙出的烟熏制的。

用彝话一问，虽然老者也用彝话回答他，但他并非彝人，而是傈僳族。傈僳和自称"诺苏"的彝人居住在同一地域，语言几乎相通，阿合实际也能说傈僳话。

老者一身黑蓝布中山装，要去东北看儿子，打算和儿子一家过那一年的傈僳年。傈僳年一般在公历的十一月左右，和彝年的时间差不多。可在北京转车时，他装着火车票的小布兜子被偷了。里面还有他的身份证和手机。儿子的手机号和家里的电话必得从手机里才能查到，他是记不得的。他能说汉话，川方言，民族音浓郁，对北方语系的铁路职工来说，等同于另一种语言，入耳即晕。

老者的道理简单，他认为自己的布兜子是在火车上被偷的，火车是公家的，应该公家负责，起码负责一半。他自己当然也有责任，没有看管好自己的财物，明明车站、火车上到处都贴着标语，让旅客警惕小偷小摸。合情合理的做法是，手机、钞票的损失由他自己承担，公家帮他解决下半程的火车票。

绕了那么远，没想到这么好通融，马上，铁路这个公家就答应了他的要求。也感谢阿合的及时出现。

这下，儿子的手机号码也记得了，即刻通了电话，告知晚到一天半的原因。

老者上车时，阿合送他一百元钱以备不时之需，他也接了过去。

等铁路上的地勤与列车员交接完离开后，老者执意把钱还给了阿合。

他探脚碰碰阿合的鞋尖，掀起裤脚，让看他自己脚上的高筒旅游鞋，鞋带系得紧紧的，还是死扣，这是右脚，与左脚不同，那边是活扣。环顾四周，压扁嗓门，悄悄说，大票子都踩在脚下呢，被偷的只是几个零花钱。耸耸肩，再挤挤眼睛，显出自己多狡猾似的。"我又不是傻瓜！"他说。

上述两例以外，阿合还讲过一位在超市偷东西的妇女的故事。

这位妇女不认可摆在她面前的赃物，说，一条秋裤、两包巧克力豆不在其中。

自诉自己某天在锣鼓巷的某家炒货摊上偷抓了把糖炒栗子，还有哪里又顺了两根冰糖葫芦、三根红果冰棍。

开始，警察以为她在拖时间，和他们逗闷子。

确实有此嫌疑，比如冰糖葫芦和红果冰棍，她为啥喜欢呢，因为酸酸甜甜的，和老家的花红果一样。畅想等老家秋天园子里的两株花红果成熟后，也照冰糖葫芦的样子做来卖钱。到时，摆到十字路口，要不学校门口，女娃儿最喜欢酸甜的味道了，肯定好卖得很，她说。

糖山药她也吃过，她觉得山药像洋芋，她可以用洋芋来代替，她家山上的地种出来的洋芋"又糯又香"。

打听她犯的事会坐多久的牢，按她的推测，一个月应该够了吧？因为她在超市偷东西才第二次就被捉住了。让赶紧判她坐牢，坐完好回家做冰糖花红果的买卖。

至于少年男女懵懂中出来寻师，为实现自己的歌星舞星梦，被骗的何止八九例。再有困于讨薪的农民工、出走的中学生、逃避包办婚姻的女子、被拐卖的妇女，严重如走私嫌疑人、售卖假虫草的，等等，阿合都有过接触。

阿合说，上述人等，不管懂不懂汉话，他们每一位在听到他的彝话时，如果同为彝族，再呆滞的眼睛都会闪亮、活泛，洋溢出的笑意能柔软他们绷紧的身体、脸庞。

他们不回答警察的提问，先问他姓啥，是哪家的儿子。得到他的答复后，会从各自的父系、母系延展出去，只要找到蛛丝马迹的关系，就会热情地和他攀亲戚、排辈分。可能，他们中的这位、那位他得叫叔叔、爷爷，那位、这位得叫他叔叔、爷爷，也有同辈的，那就兄弟相称。

接下来，无一例外，他们会细数自己碰到的麻烦。

和民事相关的人员，来龙去脉只要理顺了，瞬间解决问题。

涉案嫌疑人，仗着警察听不懂自己的语言，要不装乖服软，让他编几句好话哄警察；要不耍横，逼他骗警察，不然的话，老辈子如我服完刑出去看不收拾你。

那种时候，阿合会觑定对方，诚恳地说，自己没有那个本事，绝对哄或骗不了警察。万一头脑发昏，真的那样做了的话，自己的爪爪也会被铐住的。这要传回老家，那是必然会传回去的，他反问那让他哄或骗警察的人，你怎么向老家我们共同的亲戚、朋友交代？你还有啥脸面再在众乡亲家出入呢？

话说到这份上，有求于他的涉案嫌疑人基本就蔫了。

一旁的警察见状，促阿合趁势而进，但他仍保持与嫌疑人拉家常的态势，言语温温，以保有他们的自尊心，问他们的儿女在哪里，打工还是上学，如果在读书，学费呢？也问出来某位的家里有病人。再往后会问到嫌疑人跑一趟买卖能挣多少钱？是给儿女攒学费，还是给病人凑医疗费，或者就是为了生活的安逸。渐渐地，话题近到调查的核心，嫌案水落石出。比如两位逃逸在外多年的嫌疑人，一位是因为偷猎豹皮还卖了；另一位是点火烧和自己小有纠纷的邻家的羊圈，不想，引燃住房，烧伤了两人。

阿合说，自己当志愿者七八年下来遇到的也不乏恶劣的家伙，其中的一个少年时就跑出来混，到处坑蒙拐骗，不是老婆警觉，恐怕也得被他卖了换酒喝。装可怜，谎话连篇，称自己用假麝香骗钱是为了给两个学龄儿女交学费，竟然不知道九年义务教育，如今上学不但不交学费，连午餐都是免费的。

说到之所以能成功助警，阿合称，很大程度上，自己靠的是乡情民俗，可以说是礼俗助警。

他说，自己曾给一位警官解释他们的礼俗。

绕来绕去，那位警官都不能理解，下结论说，阿合在警事中接触到的那些人，民事的刑事的都包括，全是他的亲戚，再怎么着，也肯定是远亲旧戚，深以为凉山弹丸之地，一个大村庄的规模，要不怎么阿合随便一牵连，就能拉扯出这个爷爷那个叔叔、哥哥的。

警官拿自己打比方，说他吧，遇到同姓者，除非有特别的想法，一般不拉扯关系，要拉扯也只是说，咱们是家门啊，或者咱们五百年前是一家。

说到各家的家谱，阿合相熟的警官中有个别恍然明白道，你们这是和孔姓有一比啊！那也没听说，分散在全中国全世界的老孔家因为辈分见面互称爷爷、叔叔或者兄弟的，还是你们凉山人少地方小。

阿合说，他真想把说这话的警官请来凉山，让他领略领略凉山的千山万水！

我是领略过的，当然知晓凉山何其大哉！可我也有疑问，我不大相信新中国成立至今七十多年了，阿合的乡亲里五十岁上下的竟然很多人不会汉话。

他说，的确有嫌疑人骗过他，不止一次，假装不懂汉话，用彝话和他东拉西扯。他呢，被人家牵着鼻子天远地远都走迷路了，还毫无察觉。旁边的警官踢他的脚腕子、拽他的衣摆都不管用，逼得警官亲自上阵，假意通报案情进展，或同案另一位嫌疑人的供词，才激出嫌疑对象否定唯恐不及的汉话。

阿合说，不要说五十岁上下的，即便四十岁左右的人群里，在凉山上，不会汉语的也不少。他建议我上百度查去，看二百万彝族人口的凉山上各个年龄段汉语盲的比例。越往下，比如二十岁以下，汉语汉文普及度越大而广泛，尤其乡村幼儿园都在开办汉彝双语班的情况下，自然，汉语汉文的程度也越高。

阿合说，他在上小学前几乎不会汉话，偶尔他爸参加完公社进而全县的民兵篮球赛回来，会有那么几天延续赛会上的用语，嘀咕几句汉话，也教他，至今他还记得的一句是："要个糖包子。"显见是饭堂专用语。

他母亲的汉话是他教的，他说，他母亲学习汉话的动力来自他爸，因为怕他爸的魂，被随季节买卖花椒、菌子、苦荞茶、脐橙、青茶时遇到的女人勾走，彝女人汉女人都算。

阿合说，他妈妈讲的汉话是四川话，他是先四川话再普通话，他的小学中学阶段还没有推行普通话，老师讲课全用四川话，他之后的年轻人起步就都是普通话了。

普通话也可以说是打工话，他说，在他之后的很多男女孩子如果没上学或者辍学了，十五六岁起便散向全国各地，主要是在沿海和深圳当打工一族，他们的语言便直接从彝话过渡到了普通话，多多少少在彝腔之外还带着打工所在地的腔调，比如广东味、浙江味、江苏味、河南味、山西味，不一而足，反倒本省的官话——四川话听不大懂了。

难怪，他表妹史尼操一口港味普通话！

用虫草和羚羊堆梦

阿合回北京后，我微信过他两次，问他，那个逃跑嫌疑人是否在他的助力下抓到了。回答每次都两个字："还没。"

反而发来和我妈的一张合影，头挨头，喜笑颜开，捎上的有摆在桌面的碗盘和其中的菜肴，一条清蒸鲈鱼的头加大半个身子尤其打眼。

我回了他一个谢谢的表情，为他陪我妈开心吃饭。

更应该感谢他表妹史尼，是史尼做的饭菜，照片也是史尼拍的。

话说怎么不发一张他表妹和我妈的合照呢？

也就是一想而过，哪里顾得上。挂碍顿消，不用操心我妈在我出差期间的起居和心情，随着车里的音响不断播出的花儿、藏歌和司机小王的清唱，乱哼哼。

隔天，司机小王建议我和他二重唱《青藏高原》，恭维我声音清亮，高音拔得上去，正好弥补他的窄音域。

免不了得意，困在车里的身子轻如燕，昂首直腰，《青藏高原》唱毕，又唱《天路》《回到拉萨》《天边》，一首接一首，全是切合高原环境的。

小王也特别，嗓子沙沙响，带着金属味，居然会唱外文歌，韩语、英语、俄语，一两首西班牙语，完全盲唱。

哪能不钦佩，问他怎么不去"好声音"唱，从此改变命运当歌星也说不定。摇头，红脸，自谦上不了台面。

我当然也很得他的青眼，不是自吹，阿黛尔的歌一口气能唱下来的十首不止，虽然歌词不一定都对，他请我教他唱《追逐的脚步》，还索要歌词，汉译的，喜欢《百万年前》的曲调，歌词听来却索然："原来是成长歌啊，"他说，"长大就是个屁，最怕的是还不臭。"停了一会儿，又说，"妈妈是要想的！"没人接腔。

小魏也有专擅的歌曲，"霉霉"的他能尖声细嗓地模仿三几支。

我们不但在行驶中的车里清唱或随音响高歌，每天歇下来就去当地的KTV自娱自乐。当地的同行随行，几杯啤酒红酒下肚，都抢着唱，有两回就着包间里的钢琴我还露了几手。

对于钢琴，我后悔何止十次八次，小时候抗拒学弹，为此化解了我妈让我学钢琴使出的各种手段，许诺、娇哄、欺骗、零花钱，包括毒打，有一次鼻血都给打出来了，算失手。哎，抵抗着荒废了多少练手艺的时光啊！

竟然，竟然，有一天还应小王一个朋友的邀请参加了所到之地的一场婚礼，和小王唱《青藏高原》助兴，赚了个满堂彩。

出差途中的快乐并未因为阿合——我一贯的搭档离去而

打丝毫的折扣，真让我称心。我们的临时工作团队亲密有加，热情高涨时相拥而唱皆不为过。

不过，我对老权宣扬的虫草栽种法仍然没有表态，其实是不认可。

看得出来老权的失望，或许还有不满。那一天的上半程他闷闷不乐，一句花儿都没唱，到下半程却唱到嗓子吼哑了才少歇。

小魏滑头，捎上我，一再说人工培植的虫草鉴定如果过关，多大的喜讯啊，俞组我们一定会打报告由研究所出面搞新闻发布会的，到时官方媒体、新媒体都会请来，再加上咱这些人的自媒体，举举手机，那就不愁你们的虫草产业大发展了。

也亏了小魏，这一路的歌唱才得以维持下来。

在青海果洛最靠近西藏昌都的三天调研结束后，老权撺掇我们干脆越过青藏界线，由昌都过林芝到拉萨，沿青藏线出藏，一同返回西宁后，再各自散去。

小魏很高兴，毫不遮掩，"又能躲掉几次接送孩子了。"他说。

我躲掉的是女儿高考前期的家庭紧张综合征，还有我妈。

慢着，我妈已经连着三天还是四天没有电话我、没有短信我了。此非我盼望或愿意忽略的事，不安砰砰敲了我的脑袋几下，不是她可能有什么意外，绝对在于她会冷处理和我的关系，连着三两个月不理睬我，嘴巴如涂了胶水，严丝合缝，法令纹凸显，眼神淡漠。

意识到处，立刻给我妈拨电话。

这时候，我们的车早已离开果洛州，逆着尼洋河，外轮子骑着悬崖峭壁的边缘，在深切的河谷里，由昌都向林芝行驶。

电话第一时间接了起来，是史尼，背景有歌声，也有我妈的笑声说话声，歌声是我能辨别的彝语歌，我妈说的是："别让外边的路人当我是非洲女人啊！"原来她也知道外边里边都在人的视野里呀！

我使劲地喂喂着，史尼应和我道："俞姐姐，阿姨我们在日光浴，她担心自己被晒黑。"

我没搭腔，直截了当地让她把手机递给我妈。

我妈接过手机仍然不打算和我通话，她让史尼给她换换头上的毛巾，嫌红绿艳俗，招眼……我放大声喊她，车里的三位受惊，齐齐地看向我，我妈在那一头充分表达被惊住的程度："哎呀，吓死我了，丫头！"

后缀的"丫头"很难得，一般显示此时此刻她有一份好心情。

我不及说话，她道："你听见史尼说了吧，我们在日光浴。"伴着嘻嘻的笑，"你可别以为我们在裸浴哦，穿着睡袍呢！"背景音是史尼的笑声，"就是脸涂的是海藻面膜，黑了吧唧的，像非洲女人。头上裹的毛巾花花绿绿的，更像了。你说，你林叔叔两口子看见我的话，不会觉得我奇怪吧？"

我瞥眼前排司机和老权的头顶，放低声，斟酌用语：

"先别管林叔叔他们看不看得见，我都觉得您挺奇怪，您怎么想的，会同意这种玩法呢？"

"玩法？"她重复道，撇开我，喊声"史尼"，快快活活地，"等你俞姐姐回来咱们也带她玩好不好，她快嫉妒了！"转回来：

"我头发上焗的油时间到了，该去清洗了，回头再聊啰！"

司机小王忙着在狭窄、弯路频出的两车道上会车和阻挡超车者、闪避蹬着山地车由成都到拉萨的骑行者，还得和峡谷里前后左右乱闯荡、迅猛无比的山风河风抗衡，手脚并用，身体随着左拐右弯，这边定定那边定定，嘴里不断发出咻咻的声响，感觉他舍出一身的力气，对付的不是一辆机械化电机化的交通工具，而是一辆随时需要拽紧辔头，甚至不惜以身控制的马车、牛车。

后座上的小魏和我，也随着车身的晃荡，左一下右一下，时不时还互撞一下，彼此嘟嚷着这一路最多的道歉话："对不起！"

车行艰难如此，我都不担心，脑海里盘旋不去的是我妈，竟然没问我返京的时间！

意识深处，打扰我的其实是史尼在我妈跟前扮演的角色，二十天不到，好像已经把我妈攥在手心了，要不以我妈那性情，话里话外能嗲声嗲气地笑，说什么"你别以为我们在裸浴"，还"哦"，不怕肉麻牙酸！

天将黑，车到林芝时，我的决心已下：搭乘明天直飞或不管在哪里中转的飞机回北京、回家。

没有表现出来，不由分说，要求晚饭前先去药贩子汪华家拣选今年夏秋请他帮忙收购的狼牙刺的种子、胡黄连、天麻，有限的几朵绿绒蒿。

这位来自浙江，在林芝往东横断山脉活动近二十年的药贩子，已是专业人士，多年来，也是我们的合作者。

他的合作方广泛，和同车而来的老权更加熟络，称兄道弟，拍拍打打，听来人工培植虫草也有他的一份力量。

暮光里，他散漫地往身后一划拉，从东到西，从上到下，声称明天带我们去参观他栽培的虫草，好像那静默、厚重的连绵大山都是他的虫草领地。他说，他的虫草已经在冒芽了，小株株一片。司机小王讶异道：

"这个时段不应该是埋伏在地里的虫吗，要不哪里来的冬虫夏草一说呢？"

"要不哪来的人工栽培一说呢！这是今年的第二拨了。"浙江人氏顺着小王的话尾说道。

此前，老权给我们看的不是所谓培植的成品，就是他说的掩藏在土里的种子——其实是米粒儿大的根茎，或者说菌丝。如何培植呢，老权打比方说，类似种土豆。

汪华说，他在藏北那曲另有一个栽培中心，那里除了虫草，也在培植雪莲花。他还打算培植绿绒蒿。

真是匪夷所思，小魏却在那里频频点头。

他们对人工虫草市场前景的兴趣超乎培植本身。比如怎么将虫草的消费人群由港澳粤东南沿海等经济发达、群众嘴馋好享受的地区转移到北方，河南、山西、内蒙、东三省，可能的话，外延至俄罗斯、朝鲜、韩国。

"任他哪里的人，都惜命吧，虫草管的就是命，长命百岁的命！"浙江人氏汪华兴奋地说，"转移成功的话，就大发啰！"

晚饭的大菜是林芝当地人珞巴族的当家佳肴：石锅炖鸡。

好阔气，浙江人氏在我们眼前抓了两大把人工培植的虫草，丢进石锅，瞬间就和其中的鸡肉块儿挤挤挨挨，稠密地嘟噜翻腾了。

老权说："机会难得，眼福口福都别放过。"率先夹了一撮到我碗里，又添了勺热腾腾的汤。

他让我别担心食用他提供的虫草出现铅过量可能中毒的情况。这也是他一路夸耀的人工虫草的优势，绝对不含铅。又说：

"俞组，您喝完这碗虫草鸡汤，再吃掉碗里的虫草，我保证您一口气能登上珠穆朗玛峰！"

我盯着他的眼神变凌厉了吗？反正他顿了顿说："珠峰离咱们这儿远了点！"打哈哈，解嘲道：

"瞧我说的，把虫草当兴奋剂了！"

汪华的圆饼子脸在蒸汽缭绕中时隐时现，掩不住自得，也为帮他的朋友下台阶，插嘴说，今年他栽培的虫草的收入，首次超过了野生虫草，创纪录了。一激动，突地跃身而起，差点蹬翻石锅，吓得老权等各位手脚并用，忙不迭地护锅。

待安坐下来，汪华挺直腰再一弯，给包括我在内的各位鞠了一躬，然后，抖索着因常年缺氧而乌黑、肥胀的嘴唇，诚邀大家给他的虫草栽培注资，一起发财。还允许我等专业人员，尽可以把他的虫草基地当作自己的科研试验田来使用。

话音落地，另一个邀请又来了。

这次邀大家一起发财的项目，竟然是去卓乃湖捡藏羚羊产后的胞衣、胎盘。

藏羚羊产仔特别，一年一度，非得要集体迁徙到这个叫卓乃湖的湖畔去一块儿生产才生得下来似的。为此，青藏铁路还专门给羚羊们留了一条通道。

产完仔，母羚羊们也不稍加休息，陪着那些淋漓着稀汤羊水、踉跄起步的崽子们，便踏上了归途。

那些崽子，按人类来说还是婴儿啊！

羚羊们离去的卓乃湖畔，遗落的胞衣、胎盘在高原刺目的阳光下泛着圈圈白光，尾随而来的馋到想咬嫩崽子的有限几匹胆大的狼，都留下来，和一直等到此刻的藏狐、闻着血腥气飞临的秃鹫一拥而上，尽力抢食。

想不到汪华也计划加入抢食的队伍，从狼、豺、藏狐、秃鹫的嘴边，把羚羊的胞衣、胎盘夺过来卖给中药藏药的生产者，尤其是卖给化妆品的生产者，让后者投在放之不同人种皆准的护肤乳、霜、露的研发中。

那还不是随手来的钱？汪华说着，大拇指食指作捻状，已经在数钱了。

席间一干人，由我看去，听到这时，再看汪华数钱的动作，都眼睛贼亮，神情亢奋，由不得我的心间恶言浮起：不怕五雷轰顶吗？

惊一跳，这是阿合每逢此种情状常挂在嘴边不吐不甘心的一句话，我冲口而出的是：

"我打算明天回北京。"

闻声，他们倒是朝我看了过来，却尽是梦中人，恍惚得很，都等着金块砸身呢！

我只得重复一遍。

汪华率先反应，遗憾我不能去视察他的试验田。

我问小魏："你呢，最好一起回？"

老权用眼神在鼓励他，小魏吞口唾液，眼睛快速地眨巴几下，表示自己可以留下来继续工作。问我突然改变计划是为什么，他替我找到现成的理由：

"阿姨有情况？"

我顺势嗯了一声，他又说：

"我感觉阿合他表妹照顾阿姨有方啊，这回出来您都没太操心！"

小魏的表述反过来在我这里也完全成立：就是因为"有方"我才操心的。

小魏的兴趣自从看过人工虫草的栽植后，全在那上面，再不理睬我，那二位也是。我摁击手机键，管自订票。

一觉起来，小魏等人匆匆和我打过招呼，一径去了汪华所谓的虫草山。我呢，还是管自，沿着水流哗响、草木青黄的峡谷，顶着蓝黑的晴空，眼目所及还有银白的雪峰，被一辆轿车送到林芝机场，午后一点登上经停成都飞北京的航班。

互为局外人

在飞机上还拿姿作态，打算落地后先回自己家，以电话相告，晃上一两天，忽悠忽悠我妈的心，再说去她那里的事。哪能实施,出租车直接就停在了她的前窗下。

奇怪,三个前窗全黑,绕到后窗也一样。

不着急上楼,我妈的手机干响着就是不接,再撂史尼的号码,铃声设定的彝语歌都唱一大半了才接起来,环绕其中的是高亢的舞台腔,哗然的笑,史尼的声音也随着笑声或小或大。我贴着手机尽力辨识,在听相声。

没头没脑,史尼说:"小岳岳笑死个人!"竟然听的是德云社的。

对我杵在我妈楼下的狼狈根本不做反应,问她什么时候散场也不回答,忙着嘿嘿哈哈地笑,扔下一句"再见",挂断了电话。

七窍生烟者舍我其谁,上楼,开门开灯,审视客厅,绕行厨房、我妈和我的卧室、书房——现在是史尼的房间。视线不再受扰乱,可以放眼四望,桌清几净,即使有东西,也摆放得整齐有加,比如我妈练习书法的砚台、宣纸、十数管毛笔;舍不得扔,散搁四下,绊腿绊脚的纸袋、快递空余的纸箱都不见了踪影;指头顺着桌面、几面抹过,几乎不沾油腻、尘屑,包括地面,只偶尔有根短细的发丝。

冰箱的冷藏柜、冷冻柜的分类作用终于得到了体现,牛奶酸奶鸡蛋蔬菜各得其所,乐扣盒子大小有序,不占空间,收纳其中的小菜、剩菜安帖自在，在灯光的笼罩下，一应物件包括其中的食物熠熠闪耀。

半肚子飞机餐腻味不已，我忙不迭地打开盛放香肠的盒子，拈了两片塞进嘴里，腊香肉香混合着轻融的油香弥散开，那一种陶醉，我都快眯眼了。另一个乐扣盒里，凉拌萝卜干点缀的艳红辣椒面诱人太甚，忍不住也拈了几根入嘴。

香肠、萝卜干都不是我妈消受得起的食品，麻辣，还硬，一定是史尼在吃。

往来西南各地多年，我对泼辣川味的偏爱虽被老公鄙视，声讨不断，早已不能自拔。

一时兴起，索性拐进厨房，给自己煮了碗白水面，再焯上几根绿叶子菜，拌以香肠、萝卜干，香香地吃了个浑身舒坦、满心欢喜。

临走，专门在餐桌的显眼处放了一小袋散装虫草，七八十根吧。

效果明显，回到家，就女儿的高考和刘曦冬还没交流上三几句，我妈的电话追来了。

先与我对时间，遗憾和我前后脚离家进家。虫草当然看见了，惊讶它的数量，令我愉快，试探着问价钱，明明可以告诉她，转念间闭紧嘴巴，突感惭愧，因为给她的虫草不如留给我女儿的壮实，而她肯定正掂量我对她的反哺恩义。

"反哺"是她常用的词，文绉绉的还有"生你鞠你"之类，伎俩并不高明，我从不打算费心戳破。她说：

"阿合估计这些虫草得六千多，对吗？"

"差不离。"我回答。已经猜到陪她们听相声的一定是阿合，就是不知道谁掏的银子，德云社的班子，小钱可欣赏不了。问她：

"阿合送你们回来的？"

不搭理我，听她说，对象是阿合："虫草的价钱，你估计的差不多，还是有经验啊！"转回话筒，"你和阿合说几句吧！"也不问我和阿合愿意不愿意。

阿合接过话筒，对我中断行程有所疑问，他听说我和小魏的差事还得半个来月。

来不及措辞，支吾而已，他未必感兴趣。转而赞扬他表妹专业、细致，把我母亲家收拾得井井有条。

他连称应该的、应该的，自己也负有责任似的！我说：

"辛苦你了，带我妈妈去听相声。"

"阿姨太迁就史尼了，逼着我买了德云社的票，说，让史尼体验一下有趣的相声。"顿一顿，又说，"要知道您今天回来，怎么着都会改时间的。"

"不是我迁就史尼，是史尼和阿合迁就我，生平我就爱听个京戏，自从坐上轮椅，快两年没看现场了，前天，他们兄妹俩还陪我去长安大戏院看了出《四郎探母》。"我妈凑近来嚷嚷，又笑道，"再不带史尼听京戏了，开场没两分钟就睡得呼呼的……"

听见史尼在旁边声气娇憨："阿姨、阿姨，您别出我的丑！"

话筒里，阿合的声音稳定、郑重："俞老师，咱们明天单位见面再谈。"

我连连表示"行、行"，一派身心在外，硬往他们三人群里挤的迫切感，他那边已经在说：

"我挂电话了。"

第二天上班，积压的事务没有我以为的那么多，当紧的是三个完成的实验报告需要我最后审定、签字上报，一个将在丹麦、一个将在云南开的学术会议需要我回函，东磨西蹭，一边张望阿合，望而未见。

临近下班时，只来得及给我妈挂个电话，告诉说，明天去看她，晚上约好要见女儿的班主任，谈高考冲刺请家教的事。

我妈通情达理，让我忙关乎刘俞前途的大事，表示她可以出一部分冲刺费赞助外孙女。

又说，阿合也特别转告我放心忙女儿高考的事，这段时间他会抽空来帮助史尼适应环境的。这对表兄妹陪我妈上医院例行检查刚回家。敢情，他今天不上班又跑去帮他表妹了，那他又何必支应我什么"见面谈"呢！

不免窝火。

收拾好手边的东西，去了趟超市，给女儿买鱼买虾，补脑子；同理，还买了芝麻核桃花生打磨的营养粉。听卖家的宣传，又拿了醒脑的芡实百合薏米藜麦粉。

回到家，刘曦冬笑话我白担了植物专家的名头，竟然相信所谓的醒脑粉，质问我芡实百合薏米藜麦哪一个能醒脑？真要女儿保持清醒的话，不如给她巴豆吃，拉稀最能保持头脑清醒，还能活动身体。

又说，那几样粉等他拿到办公室隔三岔五地喝掉吧，免得浪费。起作用也不一定，起码可以打通他的血脉气脉。搂紧我，加力，"不如我们互相打通吧！"他哼唧道。

狠劲推开他，赶紧给刘俞炖虫草鸭。

做得晚饭，草草刨上两口，拎着虫草鸭肉汤就奔刘俞的学校而去。

先把正在上晚自习的刘俞叫出来，就在教室的门外，逼着她喝干了汤。另有男孩女孩也在各自母亲的相迫下喝汤吃肉啃苹果。

再听招呼，和一干家长前去一间教室坐定，听各科老师报告孩子们的学习近况、成绩可能对应的大学，刘俞能对应的都是211、985，奋勇一把的话，进人大没问题。听得我不禁环顾左右，顾盼窃喜。

家长会结束，和同时放学的刘俞结伴回家，一路上替她瞻望前景，豪言也放了出来，人大平蹚，北大可期，被她冷冷地戗了一句，考完才知道好吗？

第二天晚上校门口接她，又被她戗了，一个新疆糖心苹果，想让她在回家的车上补充维生素、纤维，被她接过去狠摔在地上，扭身上了车。声称，再敢在同学面前让她丢人，赶明儿搬姥姥家住去。

起因是昨晚教室门口的那壶汤。

"又不是你一个人在喝，怎么就你嫌丢人了！谁笑话你了，我倒要见识见识！"

话音未落，她立刻乱蹬乱踏，车前座都容不下她了，嘶声叫道："妈妈，你敢去问老师，我就和你没完！"

我不敢，老师敢啊，第二天手机响过，老师问我，刘俞有什么异常吗，最近？

不知老师所指的上下时限，要说紧跟前，我觉得确实异常。

老师说，异常就在于刘俞巧不巧的，恰恰在冲刺这当口情窦摇曳，幸好没开，喜欢上某男生了。那一位呢，浑然不觉，没有肌肉，亮舌头，贫嘴子，逮谁损谁，前天傍晚教室门口喝汤的同学岂止一两人，十来个呢，只有我女儿反应激烈，为他那句"就差奶瓶子伺候叼奶嘴了"，竟然号啕大哭，伏在桌上，不能自制。同学们被她惊得呆呆的，好不失措。随之，说法泛起，同学老师早就发现她课堂上下那份望穿秋水的痴迷、失神，视线的尽头，不偏不倚，都是那贫嘴男生。

和班主任约着在校外的一个咖啡馆见面，商量怎么办。按班主任的经验，不戳破，正常理解女儿的哭，就当是被调皮捣蛋的男生气哭了，别往粉色上想，爱情更不必。老师心宽，说，哭一哭也好，可以发泄高考冲刺阶段的紧张感。

效果明显，三天过去，刘俞早饭后背上书包都到门口了，特意回头让她爸和我再不用小心翼翼地对付她，她已完好如初，演算数学题的劲头天大，反而我们的态度令她分心。

看着女儿的背影消失，我说："屁大点，就知道包裹自己了，不嫌累！"

她爸斥我："没事找事，小事也要搞成大事！"

瞪他一眼，指名道姓地敲打他：

"刘曦冬，别招我！"

对我这回给我妈找的保姆，刘曦冬倒是有所表扬，原因在于我妈近一段时间以来很安静，没有打搅我们，尤其我能连续五天和他共进晚餐，实属难得，问我没看出来吗，这五天他都是赶在六点以前回的家，好几个饭局都推了。

我妈在我出差期间没找他的麻烦，也让他很满意。

我爸三年前去世后，我妈确实转移了不少麻烦给我们，包括对我爸持续半个世纪的怨怼，但并没有到刘曦冬形容的穷凶极恶的程度。

刘曦冬责我妈一贯把他当外人，用他，却毫不顾惜他。

两件事为证，一次非说自己心跳过速，逼着我们送她去医院。从停车场到急诊室那段三百米长的路，由刘曦冬背负。过后，他抱怨我妈老在他背上使劲，脚蹬他的膝弯，膝盖顶他的后背，还卡他的脖子，恨我居然不加制止。

怎么制止，我连话都插不上，一直是我妈在喋喋不休，说的都是我们会把她扔在医院任她自生自灭，就像古时候的日本人，直接将老母老父扔山上饿死了事。

另外那次我不在场，是我妈单独叫刘曦冬，让他过去帮换餐厅的灯。并没有坏，想不到我妈猛一下举起拐棍，把灯泡给敲碎了。电光倏忽一闪，刘曦冬差点来个卧倒，我妈说："这不是坏了吗！"

其时，刘曦冬看我听他抱怨表情淡然，不置一词，要拉我找我妈确证，"灯泡炸裂开，碎碴子还划破了你妈的额头。"他说，觉得这也是一个证据。

我不吱声并不意味着我不相信，可那是我妈，你就不能口舌留情吗？这几乎是我和他吵架到最后不变的样式。

因为他的态度，我几乎不能让他分担我的苦恼，他也不能领会。苦恼的阴影再一延展，连我俩的肌肤相亲都能覆盖。

那个瞬间，我妈的脸悬空，眼睛直瞪，满脸鄙夷："你这个年龄，"耳畔是她的告诫，"耽于床笫很不明智。"她用的词非常书面，第一次听到时，我反应好半天，以为她念了错字，我从来没用过那个词，一般认作"床第"。

类似的细节都不好意思向刘曦冬启齿，他知道的话，一句话终结："就说你妈神经嘛！"还会捎带上我，"也有福气，赶上你这么个配合她发神经的傻瓜女儿！"

鸟声鸣啭

从我去青海、西藏出差回来，我妈连着二十五六天只和我通话不和我照面，是在发神经吗？

我不这么认为。

她也不是故意的。她没有这么好的耐性。以往，我只要出差超过五天她就会打爆我的手机；同城而居，我只要两天不去看她，她就可能追到我家，假意送点吃喝，完全不看女婿的脸色，倔强地住上几夜，和我女儿拼铺。

前所未有，我妈好像不稀罕我了。个中原因，凭直觉，想到的只有一个，那就是她可能太享受史尼对她的照顾了。

比较当下的家政人员，那些凭着一二十年的家务经验便出门踢打、讨生活的家庭妇女，史尼的服务，胜在职业化。对我妈来说，也是前所未有过的。面对我妈的口涎，史尼毫无生理反应，要不就是职业性地控制住了，这一点连作为女儿的我都自愧不如。

做到这个程度就可以了吧？史尼却越界了，竟然改变了我们母女的相处之道，置我于无足轻重的位置。

为史尼助力的还有她的表哥，我视作好同事的阿合！

这才是我改变主意提前结束出差回来，并且二十多天强忍着不主动联络我妈的心结所在。

难道我担心史尼霸占我妈？不至于啊，更多的是好奇，好奇她是怎么做到的，莫非有啥魔法吗？能让我妈忽略我近一个月！

无时无刻，我都在等我妈招唤我，手机连夜开着，就在枕边。只一次滑到某个位置硌着了刘曦冬的腰眼，他是这样说的，让他呼痛不绝，我们的男女之事因此半途而废。我的手机还被他摔在墙上，幸好只裂了外壳。

隔过周末两天，忍了周一周二，周三下班后，耐而不住，我开车弯去了我妈家。

这时，距离我回京，已过去了五个昼夜。

门外便听见鸟儿唧啾，推门问："又把林叔叔家的鸟儿借来玩儿了？不是虎皮鹦鹉的，是山雀的叫声呢，哪儿来的？你俩买的？噫，怎么没见到鸟儿？"满屋环顾。

屋里的两人看定我，哗然而笑，史尼稍显不自在，毕竟和我还很生分。

略停一停，我妈说："乱真吧，是史尼在学鸟儿叫。"神情上几无久不见我的异相，征询史尼：

"俞姐姐说的对吧，是山雀的叫声吧？"

看史尼频点头认可，我妈再让她学别的鸟儿叫："让你俞姐姐猜猜都是什么鸟在叫，和你表哥一样，她也学植物，花花草草认得不少，捎带认得的鸟儿也多，在野外工作常给鸟儿录音，举着个毛茸茸的东西，连花草树木干裂、吸水那么一点点的音响都录得进去，更别提鸟鸣了。"让我哪天把录音盘带来，说：

"史尼你得听听，说不定能听到在你家桑树上做窝的斑鸠的叫声呢。你家那寨子你俞姐姐去过，和你表哥出差时去的。你们要那个时候碰见恐怕你早来我家了，那该多好啊！"遗憾溢于言表。

我不得不唤一声"妈妈"，想提醒她史尼这也是暂时的，一月将近，也许已到期限，不知阿合给她安排的护理学习到什么进度了。

这么一想，提醒我妈的话说不出口了，也惭愧于自己的小肚鸡肠，见不得我妈和史尼亲近，外加阿合。

我妈等我的下文没等来，也不追究，反而给我台阶下：

"你俞姐姐离开我时间长想妈妈了！"夸我：

"史尼啊，你虽然学鸟儿叫学得像，但你一定没有你俞姐姐认识的鸟儿多，你就认识你家那几座山上的，你俞姐姐不但你家那几座山，我们国家东南西北，还有国外的，好多鸟儿她都认识呢！得有一百种吧？"

问我，好像又不是，我不及否定，她的话在继续："水鸟也认识。"

史尼接嘴："水鸟我也认得啊，不就是鸳鸯吗？水老鸦，就是鱼鹰吧，我也知道。"神情自得，不再有针对性，发乎天然。

"你俞姐姐还能根据声线来给不同的鸟儿记音呢，像谱曲……哦，谱曲你也不懂吧？"

谱曲靠声线吗？声线又是什么？真不愧我妈，就是一颗散了的鸡蛋黄，分分秒秒也能让她流汤挂水地挑出来夸耀自己的骨肉！

转念间，我妈掉回头，又在炫史尼的口技。

听她说来，史尼竟然会七八种鸟鸣，猛禽也算，黄鹂喜鹊苍鹰杜鹃，包括麻雀。

"昨天，史尼还骗来两只麻雀，平常都没注意，以为大跃进时那一顿乱轰乱唬麻雀都绝迹了呢！"我妈说。

不消停，再次让史尼学她家桑树上的斑鸠叫。

史尼扭捏着，不见得不肯，张罗着要给我沏茶，问我要绿茶还是红茶，绿茶恰巧有她表哥拿来的凉山青茶。过于殷情，转眼间我变成了客人。

不肯骤变，我掏出包里的半瓶矿泉水晃晃，拧开盖子，近嘴边，到底秋末，寒，移开，拧紧。

看我谢绝喝茶，转而给我削苹果的史尼，踩着我妈的话点，噘圆嘴，叽咕了几声。

“斑鸠！”我不禁叫道，懊恼自己嘴快，咬疼下唇方休。

“俞姐姐真的听得出来呢！”史尼欢喜地说，“那您会吗？”马上挑战，“不一定是斑鸠的，别的鸟儿也行，试试我听得出来不。”要求：

“俞姐姐，您只能学凉山的鸟儿叫哦！”

我不想入她那两声柔软的“俞姐姐”的套，打声呼哨，笑道：“只会这个。”

她摆手，撇嘴：“什么呀，不能算！”

初见她时的浮皮肿脸，肩头腹部的赘肉，短时间里居然清减，不留痕迹，眉眼越发疏朗，骨感都出来了，神态、举止也安静、自如，尤其那不分时间、地点都在外溢的戾气消散于无形中，一边留心听她自夸：

"斑鸠的叫声我最拿手，从小到大，我只要推开窗子随便叫唤几声，桑树的枝头上就会呼啦啦飞来好几只斑鸠。我家妈说，我小时候招来的是小鸟儿，长大后来的是大鸟儿，等我像她那么老时，就都是老鸟儿在听我呼叫了。"

说的惹人怜爱，我妈啧啧声起，我也有所触动。我妈征询我：

"史尼这可不是单纯的学鸟叫，是会鸟语吧？"

不为等我的答复，我妈已经认定史尼会鸟语了，夸史尼会六七种鸟语呢，特别是斑鸠语。

真有她的，还拿来和外语比："这和会外语是一样的，有人不就会六七种吗？"不忘当妈的炫女儿的初心：

"史尼，你俞姐姐会三种，英、日、西班牙语，英语尤其好。"

那位配合她，对我发出呀、哇的赞佩声，一边端来盘苹果，小切块，码放齐整，盘边还搭着两根小叉子。

那叉子是我爸二十年前去法国考察时带回来的，配套的还有几把咖啡勺，都含银，柄上錾有三叶草。有一阵没见到了，不要说我，我妈也未必知道它们的藏身处，难得史尼，竟然给翻拣出来了。

我再次感到我妈家确已悉数在史尼的掌控中，窗明几净，地板打过蜡，墙上画框的玻璃罩、明面上的工艺品瓷器闪闪发亮，房间的进深和延展都得到了相当程度的提升，好像变大了，包括厨房和卫生间。

我妈又何尝不在史尼的掌控中！

任由史尼触碰她的头脸，整饬她的衣装，捎带替她揩口涎也不以为意，甚至隔空示意涎水流到下巴、胸口了。史尼见状，立刻行动。

慢着，慢着，我妈什么时候挪到沙发上坐着的？而且，她用叉子扎了块苹果，欠起身，力量都去了她半屈的腿部，递给我。

由不得我不疑问满眼，还没发声，我妈先问我，瞪她意欲何为。

我接过叉子，再翘下巴，示意她的腿怎么个情况。瘫痪、轮椅这样的词在我妈家是禁用语。

她居然一站而起，猛了点，前后晃悠，两腿打战。

在我身旁的史尼，容不得我反应，已经闪在我妈的身侧张圆手臂，做保护状，抚慰道，带点娇哄：

"阿姨，要走要跑得先运气吧！您突然来这么一下，吓得我，您听见了吧？心跳得咚咚的！"

我妈把住史尼的手臂，缓缓落座，仰脸向她，慈爱；转脸平视我，又是一贯的不满："我的腿不像你以为的瘫痪了，它们有劲着呢，"嘭嘭，木地板上踏两下，"只是除了史尼没人关心它们！史尼呢，进家的第二天就给我按摩、捶腿，抓来草药熬了给我泡脚，还替我剪趾甲、片茧皮，那茧皮泡软后多腻手啊，像抓着半干的鼻屎！别说你，我自己也嫌恶心，可人家史尼眉头不皱脸不变色，视如平常。"话太多，涎液如线，顺着嘴角两边洇就的白道而下。

史尼急忙从一个据称盛有蒸馏水的塑料盒子里取出浸湿的纱布，捏净水，先替我妈擦涎液，再涂抹马油膏，然后，轻轻摁揉，一气呵成。一边将食指竖在紧闭的唇上，冲我妈轻摆脑袋，我妈当即哑然，竟露出抱歉的神色。

在我的眼前，史尼和我妈不断上演互相体贴、蕴藉在心的戏码，我对史尼的不适感，确切地说，嫉妒，鲠得我怪难受的。

史尼显然感觉到了，实际上，我进门伊始，她就在迎合我，时不时地，来个惊鸿一瞥，好似在打量我、刺探我，还带点讨好我的意味。

因为第一次见我面时太无礼，在弥补吧？

我当然也在打量她、刺探她。

此刻，我在想史尼体肉的清减和行动的轻巧，应该与她一身的运动装有关。

这不是我的兴趣所在，让我操心的是，她身上的这套运动装竟然是牌子货，阿迪达斯！

我注意到门柜里还挂着同样牌子的拉链厚外套，包括鞋子。

这套那套行头买下来得两千都不够吧，得花去她一个月工资的二分之一吧！

她哪来的买名牌的大钱呢？莫非我妈被迷惑后预付她的？

瞬间，我巴不得她就地蒸发，好向我妈打听端倪，主要是敲警钟，毕竟阿合的这个表妹他自己也所知甚少，不是说时隔十年没打任何招呼就出现在他面前的吗？何况我们！

听见史尼在征询我的意见，晚饭吃鸡汤面可以吗？如果想配米饭，除了凉拌木耳荷兰豆外，她可以清炒一盘鸡毛菜。

我充耳不闻，打发史尼买块豆腐去，我要求煎来吃。

史尼没动，身体紧绷，不掩饰自己的抗拒，坐在我妈身旁继续叠洗净的衣服。

我妈失语，被我的拙劣演技尴尬得无以自处。

片刻的冷场后，史尼说："豆腐我们从没缺过，陪阿姨散步时会捎一块儿回来。"起身，腰肢轻旋，向厨房：

"那咱们吃米饭啰，我去做。俞姐姐，你和阿姨说话吧！"

在她身后，我妈嚅动嘴巴，在我对面，不断以指戳向我，大为不满。

史尼很识趣，进厨房后，还合上了门。

抢在我妈开口前，我说，她破坏了行规，会把史尼惯坏的。

她嗤了声，问我："什么意思？"

"您知道史尼身上那套运动服多少钱吗？"我盯着她，憋了会儿才说下文，"是您这身衣服的五倍！"

"你是在拿我这件儿说事吧，"她扯扯上衣，"你咋不拿我压箱底的貂皮大衣来比较呢！也是，跟着个凤凰男水准滑落不自知啊！"自从知道凤凰男的含义后，她在我面前就是这样高频率地来指代刘曦冬的。"唉，"她叹口气，"说你小心眼，你还上赶着！你以为史尼那身运动装是我掏的钱吗？"

"不是您掏的，预付她工钱也不合适！您想想，史尼身上那套名牌能给她丢在老家的孩子换来多少袋奶粉啊！"

"俞姐姐，"史尼直溜溜地立在厨房门口说，心平气和，"运动衣是阿合非买给我的，我和他说好了，拿了工钱分期还他。"

我岂有不语塞的。

指桑说槐

阿合摁响门铃进来了。

他的到来好处直接，我妈避开他，除了狠狠地瞪我，一眼，两眼，和我暂免语言冲突。

尽管卑鄙，我还是松了口气：史尼的牌子货没有花我妈的钱。

我觉得阿合见到我，神情一紧，难道他不愿意在我妈家和我照面？虽然他表示知道我来的话，应该一起的。

并没有一起来的可能，我走时他不在办公室，之前也不在。按规矩，他应该和我打声招呼的，即便不专门请假。他的解释来了：

"早上上班时，在大门口，被所长截住，让跟他去中心开会，回来都下班了。"

他带来他老家凉山的特产，时令的是石榴、核桃，另有的花椒和辣椒面显然是带给他表妹的。

单独也有我妈的份，两袋鲍鱼一盒海参。我妈由衷地生气说，再买这么贵巴巴的东西就不让他进门了。还说：

"上回的还在冰箱里呢！史尼也不能帮着吃，怕发奶水。"

我妈只顾说自己的，完全没发现随着她的后一句话，阿合的脸色渐变，羞得通红，眼神也乱了，无处可停。

正打厨房冒出半颗头的史尼也缩了回去。

阿合所属的民族非常忌讳在公开场合议论与身体有关的话题，实验室谁要有所提及，他会抬脚走人。

小魏不能理解，也是发贱，有一次就植物的雌雄瞎扯男女性事招惹到阿合，差点被他掰折伸缩不定的中指。

此刻，我在场的好处立竿见影，为消减尴尬，我故意放大声气，叫史尼添一副碗筷，她表哥和我们共进晚餐。我妈对我给她补台完全无感，反而白我一眼：

"要添的碗筷归你，你算不速之客。"

"是吗，"我求证阿合，"你约好过来的？"

他点了下脑袋，眼睛看向的是正给我妈挂围嘴的史尼，微微笑着。

史尼抬眼望他，也笑微微的。

他俩笑意满面，持续不变。就是在对视下，史尼会先转移视线，也会在端盘弄盏起落、行走时，声响、步幅失序，搭配失措。

在我离开的二十几天里，看来不仅我妈和史尼之间，绷着劲就是要和表哥过不去的史尼，也和表哥变亲善了。

他俩的这种变化，我觉得比史尼和我妈的关系还让我不好适应。

相应的，我也不理解为什么阿合非要送史尼衣服，即使史尼表示要还他衣服钱。

我不怕别人给我扣帽子，指我有腐朽的阶级观念。我就是认为在我们这样的普通家庭，有一位身着品牌衣裤的家政人员在忙碌，很夸张，与我们不搭。

鬼使神差，我问史尼："见过你表嫂了吧？"

"去了他们家一趟。"史尼回答。

没等来我要的答案，再问说："那就是见过表嫂了呗，在表哥家？"

搭腔的是阿合："还有莫勒，都见到了。"

我也有话问他："莫勒的顶发剪了没？"

他点头摇头，扫眼史尼，欲说不说。

我妈插嘴问什么顶发还需要剪，解释给她听彝族男子魂气的象征，叫天菩萨，她立刻领悟：

"不就和我们兴的命根子一样吗，男娃娃后脑勺的那绺头发，我们小时候，家里的男孩子都留着，长的还能编小辫呢！现在回潮，狗尾巴似的缀在那里，跟玩似的。要阿姨我说呀，剪就剪吧，都属于迷信。"

"妈，"我说，"您这是哪儿跟哪儿啊！这可不是迷信，是风俗。"

"旧风俗也要改革，"我妈断然道，"坏的还要废除！"

阿合撇开我们母女俩，专对着他表妹，讲他儿子的天菩萨引起的校园事件。三五句过后，我妈和我也安静下来，一起听他的故事。

"做蛊"的细节那么精彩的，阿合居然略过了，我觉得他是故意的。

他不断强调的是，莫勒如果不改变发型，因此引起的麻烦才刚开始。再说，那个发型看起来太孩子气，就是此时不修剪，一年两年，或者用不了那么长的时间，莫勒自己也会要求改变的，毕竟孩子的从众心理比成人更甚。

有例子可征用，说的还是莫勒。阿合说，那孩子好像忘记彝话了，要不就是假装忘记了。

有天，家里来了位凉山的彝族朋友，以前莫勒在爷爷家时多次见过他，知道他会彝话，这次再和他说，这孩子居然疑问道："您在说什么呀？"

平常，阿合和他说彝话他虽然不接茬，按吩咐行事却一点不含糊。

阿合这会儿下结论道："改变发型对莫勒来说是早晚的事，只是大人帮他提前了。"

"不是你说的发型，那是莫勒的天菩萨，"史尼反驳说，不容置疑，"是莫勒魂气的住所，为啥要剪！"

阿合凝神看她："史尼，天菩萨是剪不掉的，"说话间，勾下头，扒拉着头顶稍长的发丝，"有这些头发保护着就够了！"

此前总觉得他的头顶多了个尖儿，要不就是顶发厚密，原来是在保护所谓的魂气。

我也听明白了，他所说的天菩萨所系处，其实是囟门。

那个柔弱的所在，我不禁以指肚相撮，按书本知识，婴儿期后就能严丝合缝的头盖骨，历经近半个世纪月没日出，仍然压感明显，酸麻微微。

我说，我见过彝族男子的老照片，头顶处绾成髻的头发，有一张大概应拍摄者的要求，解散了，长长的，都拖地了。

阿合笑道："那是很久以前的事了，像梅阿姨说的，风俗也是在变的。其实一直有变通的方法，俞老师，您不是知道我们彝族的传统帽子吗，顶上支着的那截长及一尺的布棱子也叫天菩萨。"

我妈一拍手："对啊，给莫勒做顶带天菩萨的帽子呗！"

"那也不能戴着去上学啊！"我说。

"阿姨，"阿合提醒的是我妈，告诉的对象是史尼，"大前天莫勒来玩，你们没注意他的头顶吗，和我一样，那里的头发也比较长，象征性的，意思都包含了。"

我妈说，她没注意到，问史尼："你呢？"史尼摇头，脸色渐次和缓。

我妈转而夸莫勒机灵，来北京不到一年，汉话那个顺溜啊，快成京片子了。

"阿姨，"阿合纠正她，"莫勒本来就会汉话，我家从山上迁到西昌后，他在那里从幼儿园上到小学三年级，汉话、普通话都是那个时候学的。现在又在学英语，那小子好像有语言天赋，胆子又大，大街上就敢拽着老外闲扯……"

"那天，"插嘴的是史尼，"我带着他在麦当劳吃炸鸡翅等他爸爸来接他，他和一个女老外叽里哇啦地说了好半天，互相间笑得咯咯的，还请人家吃自己的鸡翅呢。"

"不简单！"我说，"阿合，你家小孩儿随你们夫妻谁啊？小季比你强，不然也不能在私企独当一面啊！"

"莫勒天生的大气、大方，谁也不像，要像也是像他自己！"史尼斜刺里杀出来道，脆生生的。

"到底是姑姑，天生待见侄儿，"我妈说，"就是史尼说的带莫勒吃麦当劳那回，莫勒先在家里玩儿，史尼就差把他捧在手心里疼了，氽丸子、炸薯条、炖排骨，吃了一肚，怕不够，又带去麦当劳吃了鸡翅。完后，还给买鞋子衣服，阿迪达斯的。领回来，装扮一新，这么看那么瞧，莫勒那小家伙不识抬举，嫌贴他太近，热烘烘的，不愿意……"

"阿姨、阿姨，"史尼连叫两声，娇憨自带，放下正给大家舀汤的勺子，"莫勒哪里不愿意了，我搂他的脑袋摸他的脸蛋，您看见的呀，他安心得很，身子紧偎着我，您喊我泡茶，他也不肯放我。"

"是的、是的，"我妈也连来两声，照拂说，"我还开玩笑让他回家找自个儿妈亲热去，别搞错了对象，瞎跟我们这儿打岔！"

史尼握在手里的汤勺再次放下，神沉色郁。

她停止动作，我半举着等她盛汤的碗空悬以待。

阿合接过我的碗，拿起勺，给我舀了两半勺汤。

接着，他从座位上小跳而起，抱歉不能陪我妈散步，说，今天答应莫勒早点回家。

尾音落在"家"上，吞了一半，被我捕捉到他瞟了眼史尼，那位当没听见。

窃喜可以把史尼打发去送她表哥，留下来好请我妈给我解惑答疑，话才到喉头，我妈吩咐我送阿合出门，也回自个儿家去吧。

阿合抓起自己的包，三两步到了门边，一迭声让我别送、别送，弓腰，和我妈道别，逃也似的夺门而出。

再看史尼，收碗拣筷子，若无其事，厨房餐桌边转上两圈后，脸色已变，很是和悦，特意给我们母女俩腾空间，扔垃圾去了。

门闭合之间，我妈大声冲我："你肚子里憋了多少话啊，又想说什么，都一起倒出来吧！"根本不掩饰自己的意图，就是要让史尼知道自己和她是一头的。

阿合版

那还求什么解惑答疑，离开时，就差摔门了。

带气接上下晚自习的高考生，车行半路无言，惹她挂心，问我何事如此。听说和姥姥闹别扭，打个哈欠，往后背一靠就打盹，彻底无感。

第二天进了实验室，先看阿合的位子，人在，立刻过去，捅捅他，让他同去院子里，有话说。

看他，笑脸相迎，一无挂碍，又是我想多了，还是一吐为快：

"我回来一个多星期了，你不见我，是在躲我吗？不会是我帮忙让你表妹来我妈家做事帮错了，也不是你表妹在我妈那里受委屈了。那是为啥呢？你比我更清楚，你表妹前所未有的，得到了我妈妈全方位的信任。你表妹，加上你，都和我妈相处甚欢。不怕你说我小心眼，昨天在我妈家吃晚饭，我感觉自己成了局外人，你们表兄妹呢，和我妈比我还像一家子！我妈你是知道的，不是那么好相处的人，你们是怎么做到的，施魔法了吗？"

阿合撇开我的问话，说："像一家人不好吗？您怎么会拿自己来比较呢，您是阿姨的女儿，就是一家人，不是像的问题！魔法这说法也挺新鲜的，我都没法回答了！如果是我表妹，还有我，让您哪里感到不舒服了，我道歉，也代表我表妹道歉！"

这种腔调也太油腻了吧！气涌上来，我的眼睛都起雾了，一早就刮起的风也来击打颜面，我定定神，说：

"算了，你不回答我也罢！我们公事公办，虽然是我妈妈雇的史尼，但我是我妈的监护人，我有权厘清相关的大事小情。"

我从他出差中途返京开说，表示我对他的助警说存疑。不是当时，是我回来知道他频繁来我妈妈家，还陪我妈妈看戏、听相声以后。开始，我认为他是想帮助表妹尽快进入角色，好好和我妈相处，可昨天下午在我妈妈家，我有了新的看法。

我说，他提前回京，助警是一方面，另一方面，是为了他表妹。直觉告诉我，他可能得罪过他表妹，以前的某个时候。不然，我第一次见到他表妹时，他表妹对他，还波及我的恶劣态度，不好解释，我们可是在帮助她啊！

在我空缺的二十多天里，我说，我相信，事实也如此，他和他表妹的紧张关系得到了很大程度的缓解，也可以说已在良好的轨道上向前发展了。这是好事，我没意见。

那他也犯不着非要给他表妹买这么贵的运动服。

我告诉他，趁他表妹出门倒垃圾时，我进他表妹的房间看了看，她用的化妆品，尽管只是基础的几种，但那个牌子贵得我都舍不得用。我猜他也是依样画葫芦，照抄的是小季用的牌子，我不相信他了解化妆品。

运动装、化妆品和史尼消费水准的差距，也证明了我的直觉比较准，他得罪过他的史尼表妹。

我说，我可以不探究他和他表妹的关系，因为每个人都是一个棱镜，针对不同方向的他人，呈现的只是自己的一面或两面，而且是变形的。但他得向我保证，他和他表妹以前可能存在的问题不要带入我妈家，我担心那些问题对史尼情绪或反或正的干扰，会影响她对我妈的照顾。

最好也不要影响我和他的关系，我说，一直以来，我都很珍惜和他同事之外的友谊。

话音将落，竟然哽咽了一下——不争气如此，也真佩服自己。

在单位食堂吃过午饭，预料中，也不在预料中，阿合约我绕办公楼一周。

他承认，他是在躲我，可想不到我比刑侦警察还厉害，三下五除二，就发现他有隐情，还和史尼有关。

他说，要不是他读书出色，小学、初中、高中一路读上来，以全县理科第一名的分数，一举考上大学，他早就成史尼的老公了。

我惊了一下，落下两步。阿合没感觉到，拐过楼角，继续讲他的隐情。

他说，史尼和他还在各自妈妈的肚子里时，就由双方的父亲做主订了婚。三四岁时，两家父母还为他们举办过订婚宴。

我听阿合聊过他老家乡下的婚姻，在那里包办婚姻至今仍有市场，娃娃亲也不很稀罕。

往前推三十年，他和史尼定的就是娃娃亲。

我猜我妈已经知道阿合和史尼的过往了，问阿合，果然。要不，我妈怎么能护史尼护到怜惜的地步呢！

又问阿合，是他或者史尼让我妈对我保密的？

"那倒没有，"阿合说，"也不算啥秘密，早晚都会知道的。"替我妈开脱：

"估计阿姨想让您自然知道吧。这不，您不是知道了吗？"

"哼，"我说，"'自然知道'，要不是我奋力侦破，你们不知要瞒我多久呢！"

阿合笑笑，眯眼看灰蓝的天，风吹开他的额发，面目清朗悦目，依然少年气象。想到他真实的少年时光，被拴缚住既定的责任，未来可见，难免为他唏嘘。

他说，他们两人中，最受影响、日子最难过的是史尼，退婚前就这样。

他自比陈世美，因为当时是在考上大学、显达可期后退的婚。

想出手拍拍他的肩，又觉得这种安慰做作，说：

"这不能怪你，是你们两家大人弄出来的麻烦，系铃解铃，当然得由他们出面了。再说，你们是悔婚，又不是离婚。你把自己说成陈世美，严重了。何况，你们当时还是孩子，怎么能担责呢？这些，我想史尼肯定也明白，你就别难为自己了。昨天我看史尼，她见到你后产生的落差感，已经克服了，你俩看上去很有默契呢！"

阿合不置可否，讲他小时候的故事。

他说，那时，他最烦恼的是经常被伙伴们调侃，动不动就冲他来一嗓子："阿合啊，你家老婆喊你回家吃饭饭、抱娃娃。"

烦恼止于小学四年级。他家搬去县城，如一粒沙子掉在河中，再没小友知道他有娃娃亲缠身，还取笑他了。

又说，那时候，好像史尼就没他的烦恼。有事没事，老追着他，"阿合、阿合"地叫，撵都撵不走，还把她弟弟的小皮球偷来给他耍。

那小皮球被他投篮时用力过猛，扔出围绕篮球场的荆棘丛，直接掉悬崖下了。为此，史尼被她妈妈拧得吱哇叫疼。

有一次，史尼非要掏斑鸠窝，要抓小斑鸠来养。不敢爬树，那是棵老核桃树，大半个树身探在崖外。一起耍的某个男孩要帮她，非不让，连声喊阿合，声称他是自己的男人，羞得阿合落荒而逃。

又有一次，史尼恨她爸不让她上学，在家带弟妹，裹上几件衣服，来了阿合家，说，从此就在婆家生活了。阿合家哪能留她？她一气之下，不知跑去了哪里。全村总动员，找了好几天才在镇子里的一个小饭馆找到她。那家馆子的老板也是黑心，竟敢让一个八九岁的孩子给自己打杂工。

那次以后，寨子里的人都喊她"野丫头"。

可越大，史尼反倒越畏缩。

我说："那是因为你强她弱了，就是我刚才说的你让史尼感到落差了。"

阿合点头，认同我的说法。他说，还有他爸爸给的压力。

阿合说，他爸爸在他考上初中后就开始给他和史尼的娃娃亲降温，总说，史尼的爸爸退步了，跟不上形势，已经不是和他在篮球赛和生产队里做搭档时那个脑筋灵活、动作快的人了。和这样的人做亲家，只会被踩脚后跟，受拖累！

史尼在阿合初二时来他们县城的家帮忙，还没住够两个月，他爸爸就把人家打发回去了。他爸爸气哼哼地表示，史尼她家想得才安逸，我们这里还没有坐果，他们那边就派人下山来等着摘桃子吃了。

史尼回去后，阿合的爸爸貌似体谅史尼，说，史尼没上成学不怪她，是她爹妈亏待她，让她带弟妹，耽误了。话题一转，又说，史尼哪里是读书的料，在这里住了那么长时间，屋里到处摆着的书，连一本图画书她都没有费神翻过，也没打听过阿合或者他弟妹们任何一位的学习情况。惦记的超不过自己家的房前屋后，不是她养的鸡下蛋没，就是她种的几垄洋芋如何了。唯一的消遣是学鸟儿叫。汉话那么差，也不好好学，当然看不懂电视节目啰，干坐着，憨乎乎的，像截木头桩子，要不栽头栽脑的，打瞌睡。这要真成了阿合的老婆，没文化、没学历，又没开窍，般配不般配先不说，生下来的娃儿可能都是憨包。

　　阿合的爸爸这样嫌弃那样计较史尼，阿合的妈妈实在听不下去，会轻喝他住嘴。阿合说，某次赶上他在场，他妈妈生气地拿自己也拿阿合的爸爸打比方，说：

　　"我俩都没文化，也没生哪怕半个傻娃儿呀！娃儿们，特别阿合的学习比汉族娃儿好、比干部娃儿好，名气随风走，快传遍县城了。"

　　他爸爸气得眉毛都竖了起来，斥责他妈妈："你生的娃儿，你想丢进茅厕还不是由你？哪个管得了！"掉头睃一眼阿合，决断地说：

　　"阿合是不会甘心被你丢进茅厕的。"

　　高考结束，阿合回老家的寨子去看望爷爷奶奶，心里有所期待的是史尼。

　　自从离开老家后，他见到史尼最长的时间，就是史尼来他家计划学打算盘的那两个月了。要说起来，拢共也没见过几回面。

　　那会儿他正上初二，是住校生，就算周末也不一定回得了家，补课之外，还要打篮球、踢足球，玩不够。

　　也算借口，不想回家和史尼打照面，本已不自在，他爸爸对史尼又摆出副老鹰扑小鸡的样子，眼神和嘴巴都尖利，经常弄得史尼手足无措。有一回，直接把一盆酸菜洋芋汤扣在了桌上。

　　不仅史尼，包括他妈妈在内，他们也不安生，空气都紧张兮兮的嘛！阿合说。

　　那以后，简直不能用"见到"这个词，史尼在他眼前，一次背着背篓，一次赶着几只羊，还有一次是史尼在山梁上、他在山梁下，基本上是一晃而过，在他和父母节假日回老家有限的次数与有限的时间里。

　　史尼赶着羊的那一次，手里还抱着一只羊羔。同行的阿合妈妈问她，刚下的小羊儿吗？她嗯一声，脚步都不停，就掠了过去。阿合的爸爸在她背后放声冷言：

"多大的姑娘了，还穿得这么烂朽朽、脏兮兮的，又不懂礼貌，讨嫌啊！"

犹嫌不足，嘀咕说，史尼家妹妹谎报两岁，以十七岁的年龄，都出去打工了，史尼却空耗大好的时光，守在空空的寨子里，实在太没有出息了。

话冲着的是史尼，却像是说给阿合听的。

阿合第一次感到了羞愧，由他爸爸延及自己，陡然还对他爸爸生了恨意，就好像属于自己的某样东西，虽然并非心爱之物，那也容不得别人置喙。

也可怜史尼，同理，还气她不争气，惹人瞧不起。

阿合说，这是娃娃亲以来，史尼和他之间若有若无的丝丝缕缕第一次绷紧，还拽疼了他。那年，他上高一。

那以后，直到高考前，他再没回过老家，娃娃亲勾连着他和史尼的丝丝缕缕松弛下来，又若有若无了。

阿合的爸爸肯定也察觉到了儿子心底对史尼缠绕着的些许丝缕，所以，才把斩乱麻的刀舞得嗖嗖的。

当时，他约了史尼的爸爸，自认理亏，不计多少，只想付了赔偿金，加速了结和史尼家定的这桩娃娃亲。

这让阿合的爸爸有所分心，高考结束后，阿合因此获准只身回了老家。

阿合说，他其实也不知道自己对史尼有何期待，史尼留给他的记忆还停留在八九岁，那时，大家都叫她"野丫头"。来他们家打算跟他爸爸学打算盘时，可能不是真实的她，被阿合的爸爸压制得变形了。这一点，阿合感同身受。

当他在史尼家的荞子地里找到她时，阿合说，两人都很尴尬，彼此回避对方的眼神，却互相配合，他帮史尼捆扎收割后的荞麦，再由她背回家，一趟又一趟，一直忙到星星爬满天。

接下来的三个白天，他们一起捡鸡枞、挖葛根，再在溪水里洗净葛根后切片晾晒，基本不对视，也不怎么对话。让阿合记忆至今的是，史尼竟然看足球赛，也看NBA。

史尼是为了追上他的步伐看的，当时他不明白，还暗自取笑。史尼可能感觉到了，但她什么也没表示，只是她的话越发少了。

他们顶着透亮、热烈的大太阳，也钻林子，也爬坡，有的是菌子、葛根、树棵需要他们低伏、弓腰、蹲下，挥锄、用刀，尽管大汗淋漓，起猛了，还会眼前一黑，可阿合就没累的感觉，被高考捆缚住的身体瞬间大放松，脑子也是，空空如也，风都可以灌进来晃荡；要不然，就是多喝了史尼从家里偷带来的桃子酒，好像醉氧了，飘忽忽，晕乎乎，他爷爷奶奶、偶遇的村人，就是近在跟前的史尼，包括他们的话语声、身边的溪流声、天空的鸟儿叫都远而又远。

他弄不清自己是睡着了，还是意识模糊。

太阳落山后，山里沁凉深透，他打着寒战，一个激灵，睁开眼来，山影添黑，暮光稀薄，松脂味混杂着积年有日沉郁的腐殖土味扑鼻，压在身下已半干的葛根片嘎吱脆裂。这下，也看见史尼了。

史尼坐在他对面，微亮着，并不分明。

多年以后，史尼重叠为一幅法国油画上的妇人。

那妇人两腿前伸，双手摊在腿上，两眼空蒙，浑身的气力似都被无休止的劳动抽尽，枯坐在草地上，了无生趣、热情。身后是一个脸遮着帽子、躺着休息的男子。

看着看着，阿合潸然泪下。和他一道看油画展的小季，干望着他，不问不安慰，任他流泪无声。

阿合话到此处，没有给我安慰他的机会，转而答复我开始的提问：长成漂亮姑娘的史尼打动他了吗？让他眼前一亮了吗？

他说，史尼的身份对他是确定的，他的身份对史尼也如此，并不新鲜，用不上"打动"这样的词，他看见史尼时也没有眼前一亮的感觉。如果追究的话，反而是一暗，史尼光脚秃手，粗衣蓬发，黑红的脸上道道汗泥，怎么能"一亮"？

他心底有关史尼的丝缕又被牵扯了一下，不至于疼，多的是心疼史尼。奇怪史尼为啥要死待在农村，又长不了见识，见不了世面，吃饱喝足算不上真正的好生活。明明可以和寨子里的年轻人一起出去打工的，就是不去，好像她的好朋友阿依也没影响到她。阿依在东莞打工，都三四年了吧，听说干得可欢了，还说要在那边安家。

就这一点来说，阿合觉得他爸爸嫌史尼嫌得没错，太没出息了。

阿合琢磨史尼离不开寨子的原因，可能舍不得她喜欢的鸟儿，在他们相处时的寥寥对话里，史尼发声最多的是和他们周围林间荆棘丛里水沟上的鸟儿呼应，叽啾不断，欢喜炫耀她养乖的几只斑鸠，说，它们前年以来，常来她窗外触手可及的桑树上伫足，啄食她撒在外窗沿上的荞麦粒。不但自己来，还带着自己的娃娃来。

曾经如此单纯的少年心态，阿合这会儿告诉我，自己真是太迟钝了。等他知道史尼留在寨子里，是听父母的话，自己也认可，为了终于有一天和他结婚，他会内疚不已的。这是后话。

到大学安顿下来后，阿合寄了几张印有他们大学校门的明信片，也有给史尼的，他在往邮筒里塞时犹豫了，单把给史尼的那一张抽了出来。

他还是胆怯了，担心被他爸爸发现。不要说他老家那个小地方，就是他到了北京，也摆脱不掉他爸爸对他的关注。不论他做对做错，他爸爸的反应除了激励和赞赏，没有别的。

如果有的话，从来都是，不动声色之间，就能瓦解掉他的大小预谋。

他爸爸也会宣泄对他的不满、愤怒，那种时候，他爸爸会极尽自己的阴阳怪气、讽刺挖苦。阿合说，就像软刀子扎人，说不出的酸痛、颤麻，还伤自尊。

阿合的软抵抗也无出其右，对他爸爸来说，更伤筋动骨。

他爸爸想阿合圆自己的军人梦，打他刚长牙时就给他灌输好男儿誓当兵的理想。阿合越长大越不配合，以自己的理科成绩好于文科为由，左挡右防，就是要报考地方院校，号称，军事大学、警察大学偏重文科，没有适合自己的专业，总算赢了他爸爸一回。

寒假，他本来要回家的，他爸爸给他单汇了两百元，让他利用假期，好好把京城逛个够，给自己和北京都留下点印记，以后也好给他们当向导。

他心里潜藏的回去找史尼……到底要怎样，其实也很缥缈，便揪住他爸爸给他的逛北京城的借口，过了自己第一个京城的冬天。

那个冬天还没过完，他爸爸某天在电话里，不经意地告诉他，史尼结婚了。他噎了一下，说不出话来，他爸爸在那边喂喂地直唤他。

"就是这样，"此刻，他对我说，"我和史尼之间的一切戛然而止。"

并没有结束呀，以目前来看，我在心里叹息道。传统的婚姻家庭被不婚主义、丁克、同性组合冲击得七零八落的，我身旁这位20世纪80年代初的生人，至今，仍患着包办婚姻、娃娃亲的后遗症。我说：

"退婚成仇，主导方还是你家，又时隔十来年了吧，你怎么能让我相信史尼会主动来找你帮忙，或者接受你的帮助呢？你说过你们民族的男女都是面子比天大，宁死不低头的！"

他问我，信吗？史尼是他在派出所迎头撞上的。

他说，史尼把丈夫打工的邢台记成丰台了，从老家一路北上找老公，跑去丰台转了两天，老公没找到，手机也拨不通，只好到派出所求助。

而他，作为保一方平安的志愿者，恰恰被派去当翻译，协助史尼找老公。

见面瞬间，他吃惊的程度不亚于史尼，目瞪口呆，身子也僵了。史尼的反应比他来的快，吃惊之外，羞恼相随，跳起身就往外跑。

阿合说，可史尼的问题没解决，还得回来。当然，是他请一位女警官把史尼拽回来的。

"为啥说拽，不说劝，因为史尼装着不会说汉话呀！"阿合说着，笑了，带点苦涩，"如果她不假装，我们恐怕这辈子都不可能再相见吧！"

阿合说，史尼找丈夫又不是有福在那里等着她去享受，本来也是为打工才出来的。

至于，她丈夫的手机为何打不通，史尼分析说，她丈夫的手机可能被偷了，要不然，他不会不理睬她的。可能在她找丈夫的那个时间，她丈夫也在到处找她。

她称，她丈夫的手机高级得很，是苹果8，当然，也可能是水货，可小偷哪里辨别得出来呢？

最后，史尼听他劝服，同意边等失联的丈夫联系自己，边打工。

话到此处，阿合叹口气，又说：

"所谓人在屋檐下不得不低头，指的正是史尼吧！"

暗物质

我逼着阿合摊牌没两天，史尼打着慰劳的旗子，来我家给高考生刘俞送她煲的鲍鱼粥。

我问："阿合让你来的吗？"不再用"你表哥"这个称谓。一回溯，才发现史尼和阿合从来没以表妹表哥互称过，确实骗了我们一把。

史尼说，没人让她来，是她自己想来给我道歉，为骗我、骗我妈妈，假扮表哥表妹。

我妈生气是必然的，但听了他们的娃娃亲一说，即刻释然，还专门给我打来电话，让我不要为难史尼，对她和阿合假扮表兄妹表示理解，还同情，毕竟，史尼一开始只打算在她那里过渡一个月，当然有必要将复杂的关系简单化了。现在史尼愿意长待了，我妈说，这不挺称心的嘛！

也不管我和阿合的妻子小季有没有往来，我妈特别吩咐我，别告诉小季，史尼和阿合小时候订过亲。

挂断电话，我先问史尼第一次见我时为何凶巴巴的。

史尼嘿嘿笑，扭捏道：

"我当你是阿合的老婆了！"

"咦，"我讶异道，"我有那么年轻吗？不客气地说，你和阿合叫我一声小阿姨我都当得起！"话虽如此，听风就是雨，真当自己青春常驻呢，语调已经在往上挑了，表情也差点没绷住，心喜啊！

史尼噎人没商量："我以为阿合找汉女人不说，还给自己找了个姐姐！"

"哦，史尼，"我搭手在她胳膊上，解嘲，"不兴你这么打击俞姐姐的！"瞧她带点抱歉，更多的是忍俊不住的样子，不禁促声一乐。

笑过再开口，我不怕操闲心，让史尼别把小季当对头，小季可不是第三者，而且，未必知道她和阿合订过娃娃亲又退婚的事。

史尼却说，小季知道她和阿合的事，从和阿合好上就知道，阿合什么都告诉她了。

"那小季也不是第三者，不是你们婚事的破坏者！"惊诧之余，我强调说。

史尼一梗脖子，气哼哼，叫我一声"俞姐姐"，说："小季都晓得了阿合和我订过亲的事，还和阿合好，你觉得她对吗？"

好一派歪歪道理！照她这种说法，阿合得打光棍！反问她干吗结婚，还急不可耐的，也应该单身狗一辈子啊！又说："小季无端被你指责，也太冤了吧，六月下场雪都可能。"

史尼听没听明白，我不知道，但她不打算和我杠了，缓声说："我们小时候，何止六月，瓦吉姆梁子最高的山顶上一直都有雪。现在您去看嘛，太阳下白亮得晃眼睛的，尽是些种菜用的塑料薄膜。"联想丰富，矛头指向阿合的父亲：

"阿合家爸爸也铺着塑料薄膜栽鸡枞，说，冬天好提供给北京人上海人深圳人吃，也好赚大钱。我才不信，他弄得出来！"

她依次说下来，我再要给她讲窦娥的故事就多余了，一边觉得史尼未必是在胡言，不过为了泄愤，因为阿合家的退婚。拓展思量，问她：

"莫非你喜欢阿合，不愿意婚事被取消？"

史尼的反应极端，对着虚空呸了一口，勃然生怒，面孔圆鼓，眼毕张，黄亮的瞳孔映得见我的脸："喜欢个鬼，屁大点的两个娃儿，还不都是大人们造的孽！"她恨声道。

"阿合说，你们是在他高中毕业后退的婚，那个时间，你们可不是屁大的娃儿了……"

"要不然我说阿合是个坏家伙呢，"史尼不搭我的腔，骂阿合说，"让我成了万人嫌的退婚女就算了，原想着这辈子各走各路，他风他的光去，我要放羊要种苞谷荞麦呢，再不相见，哪料到他半路上又跑来看我的笑话！我在派出所第一眼看到来给我和民警当翻译的他，血涌上头，气胀满胸，身子险些爆裂开！唉，俞姐姐，也怪我自己，怕警察不帮我找老公，假装不会汉话，惹出跟阿合见面的麻烦！"

"要我说，多亏阿合，要不然我妈妈哪里找得到你这么好的陪伴呢？"我赶紧收尾说。

史尼来过我家一次后，再来就顺脚了，连春节后分不清是上年冬天还是今年春天的雪都带进来，多次洇湿我家的门垫。

不但自己来，还陪，可以说撺掇我妈随她一块儿来，兴致勃勃。也难怪，白天黑夜，就她和我妈两人，阿合再怎么凑趣都有限。自己来，计划的事多就坐地铁，五号转十号，不到一小时；一般坐公交，声称，沿途可以看北京的风景，不赶时间的话，岔出去，方圆十几公里都跑遍了。只要我妈同行，都打车。

我挣扎几次后，心虽不甘，身体却高度依从，任由她包揽我家所有的家务，做饭、采购、洗衣、保洁。她每周起码出现一次，不按计划来，随性而至，反正拿着钥匙。

好处不止一点两点，我和刘曦冬因为家务活所起的干戈骤减，和我妈频繁见面却能相安无事也让我心静气敛。

我妈自脑出血后，因为史尼的张罗，重新开启来我家的模式。明显不同的是，她应对去留从容裕如，不像以前，哪怕看她女婿的一张垮脸，听她女婿声东击西的烦言，也赖着不走。

仔细观察史尼和她的相处，看不出谁迁就谁，我妈任性不改，史尼未必客气，偶尔互相打趣，比如我妈这次打的腮红，史尼就着窗光给她擦干净后重新拿粉刷轻扫，笑话她咋红成了猴屁股；我妈便嘲笑史尼的眉毛，前段粗后尖儿细，弄得像剑身和剑锋，史尼反而笑她老古董，不懂时尚。

还是照常给我妈擦口涎，自然到观者和口涎漫溢的人都不觉得尴尬。

现在我下班回来，常见的景象是：史尼推着我妈在我家楼下的花园里兜圈；史尼弓下身，把我妈从轮椅里抱起来轻轻安顿在花园的边椅上坐好；史尼在厨房忙乎，饭菜香缭绕；史尼在哼歌，间或几声鸟叽喳；我母亲陷在我给她备的大摇椅里轻轻地打着鼾，气氛家常，恒久以往。

偶尔，我站在酣睡或闭目养神的母亲跟前，俯看她，心里涟漪泛起。她是讲究的人，来女儿家也要容妆一番，却从没有这么认真、细致。

史尼几乎可以说是来自我娘家，唯一不惹刘曦冬起烦、生气的人。此前，我妈派来的小时工只要他在家，从不让进门，启条门缝，什么东西都在那里交接。

不但不嫌打扰，对时不时跟来的阿合也很欢迎。倒也是，两人可以下盘围棋，下不完，摆在那里下回接着来。

偶尔，我妈要求打麻将，加上史尼，他们可以凑一桌。

不管时间长短，围棋、麻将都必须在刘俞下晚自习到家前结束，他们三位也必须在这之前离开，以不扰乱刘俞的高考节奏为要。

刘曦冬能接受史尼，不单纯是她做的菜肴多鱼虾、绿叶子，合口味，清淡，偏甜，还包括她打扫卫生的利索、彻底，不知所终的各色单只袜子、一枚金戒指、两只不配套的耳环，包括几件胸罩几条裤衩都被她清理出来了，犄角旮旯的尘土网结也休想躲过。

我老公夸史尼终于给了他一个可以畅快呼吸又舒心的空间。历来号称自从考上大学，来了北方的地界，没有一天不被灰尘呛得空空地咳。

问他，我怎么没听见，竟回答咳在自己的意识里。

他是我大学同学，追我时也耍了不少手段，留在北京做了我家的女婿后，不知从何时起，不断抱怨当年不如归去。那样的话，起码能混个研究所副所长吧，不至于和外省同学差距越拉越大，好面子，也虚荣，经常借口这啊那的不参加同学聚会；又起码不在规划部空白头吧，连他老婆我都不如，好歹我还是项目组组长，拿经费做实验跑田野发表论文，在圈子里小有名声。由此迁怒于我、我的父母，迷信脑瓜，声称，妻家阴气太盛，耽误了他的前程。具体到为我父亲端遗像上，从灵堂到火葬炉那二三十步，据他说，步步泄气，泄的是阳气，吱吱的，身子都半瘪了。

他所以包容史尼，可能还在于颜值，年轻也无敌。

也许我想多了，但爱屋及乌这词儿恰如其分、恰到其时，比如这会儿，推门进家，直接被眼前的景象吓了一跳，我妈、我老公，两个天敌，相视嘿嘿笑，刚筹划了一个项目，打算趁着红桃吐艳的日子，一家子去温都水城过一个久违的周末。史尼呢，捏着手机正在网上订房间。

我的拒绝合情合理，陪高考生。

随我来的阿合却热烈响应，还要带上儿子莫勒。我妈不嫌事大，让小季也一起。

又是我敏感吗？眼角捎上的是阿合、史尼互相递眼神，迅疾，意味闪烁。

阿合嗫嚅道，那得看小季周末加不加班，最近她们会计事务所忙翻天了。

我就像他们这股清流中的暗物质，想对阿合、史尼一探究竟的心思陡生，改主意，不但自己去，女儿也去，消减高考紧张征，泡温泉是上佳选择，稍显急躁地动员阿合回家说服老婆同往。

替古人担忧

小季没阿合说的那么忙，我们一家到大厅时，她和阿合带着莫勒已经安顿好在这里坐等我们了。

　　算上这回，我见过小季的次数不超过五次，看她长胳膊长腿，还柔细，小脸蛋儿，圆额头，尖下颏，自带伶俐，也吸睛，可蹦蹦跳跳的就知道缠着老公阿合，大家都有点嬉笑她，小年轻不值当的意思。

　　其实，人家位居一家外资会计事务所的中层，也是就算一言九鼎不了，至少五六鼎的人物！我妈妈犀利，点评她的眼睛跟猫眼一样，机敏得很，就是瞧出了她的厉害。

　　眼下学商科、金融的当道，比她厉害的当然不在少数，不过在我们的植物圈里，她算得上是一尊小财神，如小魏者就经常拜她，让她帮着分析自己买的几只股票。

　　小季确实更黏阿合，目光追着阿合，都快成光幕罩着他了；挨在一起时不是挽着阿合的胳膊，就是靠啊挤的，老公半个屁股都悬空了，还不饶过；阿合的大事小情都在意、照拂到，给他整理衣服、抚平发丝，脸上嘴角似有还无或者她单方面感觉到什么异物了，也许一粒灰尘，掌托、指肚就这里沾沾，那里揩揩，搞得阿合闪躲不及，脸羞红。小季呢，自顾自，小粉脸上流露的小妈妈那无所不顾及的神情多迫切的。

　　我觉得肉麻，刘曦冬倒很欣赏，说，小季那是爱情的自然表露，可爱、纯真。还说，据他观察，阿合挺享受的，眉眼都在和老婆互动，悄悄地也在攥老婆的小手呢。

刘曦冬这么说，也为打击我，讽刺我男人婆，古板、无趣、假正经，我看他未必出自真心。

眼跟前，我们甫一出现，小季便疾步上前，抢在阿合之前，挤开史尼，抓牢把手，从她手里接管了我妈的轮椅，殷勤地探头和我妈话短长。我妈回应她，扭头，侧身，拍拍她握着轮椅把的手，"好孩子，好孩子"，赞她，带点莫名的爱惜。

小季再左顾右盼我们各位，微微笑，连声问好。腾出右手，舒展胳膊，揽住史尼的肩，不愧"表嫂"，亲切有加。一方面，个头不输史尼，自带昂然，屈尊似的。

史尼不以为意，矮下身子，从小季身边轻薅过莫勒，牵住了他的手，空余下一脸愕然的小季。

一起来到电梯口，莫勒要求阿合直接带他去游泳，先说"妈妈也来"，被史尼晃晃握着的手，改口，妈妈变表姑。

我妈摊手相送，示意他们玩去，自有我等，包括小季可以依靠。

那两位一对视，阿合力邀刘俞同行，表示晚饭前他和史尼先带俩孩子熟悉一下环境，廊道两边玻璃缸里的鱼五彩缤纷，够欣赏的。

小季肯定后悔推我妈的轮椅了，我也遗憾不能随他们而去，瞅眼小季，发现她在打望莫勒，看着他被史尼引走，有所不甘的神情尽在眼里。

围着我妈忙了一通，再回自己的房间收拾妥当，下楼来，偌大的餐桌边只有我女儿和莫勒两个小朋友挨在一起，一个在手机上玩游戏，一个观战。

问他们，鱼漂亮吗？都摇头。

问，看鱼了吗？还是摇头。

再问两个大人呢，我女儿根本眼不动手不停，都在手机上，莫勒答称，朝那边去了，顺着我来的餐厅门抬抬胳膊，头都不抬，继续观战，各种观战心得刚出口，基本被姐姐"切"一声，直接否决。

只要手机一通呼叫就能把阿合、史尼唤回来，我不，我要亲自去找他们，为此，心跳突突，胸腔都摇荡了，大有窥得别人隐私的迫切感、紧张感，也有对自己的鄙视，却都抵不过内心充盈的快感。

迈大步出了餐厅，稍加判断，直奔后边的园林而去。

牡丹花清淡的香气混杂在松树味、被水浇出的土腥气里，几近淹没。天长暮色晚，林不深，花叶不密，一目了然，一个小女孩在妈妈的陪伴下踉跄学步。斜插过去，半圆的一个小院里，几株玉兰已深郁得尽是叶子和桃形的果实。

不死心，几个可做掩蔽的屋角跑到了，两座假山绕过了，返回大楼，卫生间也打探了一番，哪里都没找到阿合、史尼。

扫兴之际，忽然听得阿合在叫我，定睛一看，原来两人真的在观赏行道两边漫游在玻璃水缸里的各种花色的鱼。

我虽然同情阿合、史尼被双方家长摆布的过往，但判断事情并非阿合所说的那么恩怨分明，又或者他们间的恩怨在史尼来我妈家干活后被他们各自搅乱了。

第二天早餐后，下到游泳池游了几圈，靠在泳池边，看着阿合教史尼游泳，我暗自忖度。

我们三人都在恒温泳池里。

刘曦冬继续昨夜的项目，蒸桑拿。大白天的，也想得出来。

女儿呢，好不容易捞着玩游戏的机会，紧握手机，坚持待在房间，誓死不出门。

小季带着儿子莫勒在吻鱼似挠痒痒的水凼子里，我妈也在那里。间或，史尼或者我，会过去照看一下我妈。

史尼在莫勒身上费的心也不少，一次我过去替换她，但见莫勒的头搭在她胳膊上，两人慢悠悠地荡漾在浅水里，听她婉转学鸟儿叫，那孩子也嘬起嘴唇唧唧啾啾地相随。

史尼还带回莫勒，让那刚会三爪两抓的小娃娃教自己游泳。

和阿合一起，他们三人在水里扑腾出的水花、欢叫，引来泳池的一波嘉年华。

换过去和小季相处时，说与她，评点莫勒和史尼挺对脾性，小季漫不经心地应了句"是吧"，搞得我停不下来，又说：

"史尼也可怜呢，女儿都没断奶就出来打工，一腔母爱暂时只能倾洒在莫勒身上了。"

小季一撩眼皮，眼神凉意深透，我稍打个结巴，捎上刘俞道：

"见到我女儿也亲热得不行！"

多管闲事不嫌烦，趁史尼、小季空缺的间隙，以过来人自居，点拨阿合别光顾怜惜史尼，老婆也要费心哄。

史尼去我妈那边时，小季会过来和阿合并行游两圈，两人不同处于一个地方一个时间。

并非我心思过密，确实史尼在场时阿合的反应热烈。

阿合不厌其烦，指导史尼凫水时，我也在旁边贡献经验，很多瞬间，我相信不是水的反光，而是这二位眼里的光，令他们互相追随，痴迷迭出。

最后一次，不知何故，小季和阿合吵了起来，其实是小季在嚷，还踢了阿合两脚板子，小季的脆声交杂着水被其他泳者的拨弄声、话语声传来，我听见的有限，"受够了"，反复几次，但见她跃上岸，一路淅沥、滴答而去。

我漂浮到阿合近旁，叫他赶紧追小季去。他没好气地一晃肩头，脸转向，也不作声。

只好我和事佬做到底，出了泳池，快步去追小季。

她已收拾齐整，告诉我事务所有事，先走。

午饭时分好像只有我一人有空落感，或者我妈也稍感不适。我们以外，再没人为小季的提前离去分心，也许近来和他们相关的聚会里小季一直缺如吧。

饭后，我主动申请照顾母亲，史尼听闻，也是年轻女子心性，喜颜大展，和阿合一会意，也不午休了，拉着莫勒就要去换泳衣下水。

刘俞刚在饭桌边听史尼炫鸟儿叫，又听莫勒夸说，表姑会唱鸟儿的歌，兴趣大发，竟能中止须臾不离的手游，紧傍着史尼，一路去了泳池。

她爹也不示弱，号称，莫勒的游泳包在他身上，培养出一个游泳健将也未可知。

午休起来，我推着我妈的轮椅，陪她在凡有花树草地处漫游，提起小季的话头，笑问她，"好孩子"不是专属史尼的用词吗，怎么会拿来夸小季？

"懂事，识大体，"我妈评价，反讥我，"空长岁数，不如小季，竟然会嫉妒史尼，怕我喜欢她超过你，还是你当作弟弟的阿合冷淡你了？"

当然不认账，于是听她表扬小季听由阿合照顾人生地不熟的史尼，给史尼置装也不反对，还给史尼买过内衣和鞋子，反衬我的小心眼，生怕史尼占便宜，话里话外带出来的酸音醋声，她都替我害臊，问我是不是还私自进史尼的房间检点过东西。

不为我的回答，她又欣慰地说，幸好在知道史尼和阿合的娃娃亲故事后，我变得比较通情达理了。这也说明，她养的女儿是富有同情心的。

话风一转，说，她觉得我的通情达理，与史尼帮我做家务有很大的关系。照她的意思，史尼简直居功甚伟，我家目前的和睦气氛也源自她的助力。

让我瞧刘曦冬那张脸，笑得都开花了，以前她总以为刘曦冬脸部要不天生，要不得了麻痹症，死僵僵的，她见一次发怵一次，噩梦都做过。

我妈说的不无道理，可我仍有给她纠偏的责任，我说：

"小季如果识大体的话，就不该抽身而去，都不给阿合面子，竟置您老人家于不顾。小季也没您以为的那么乖巧，走前在泳池里和阿合吵嘴，还踢了他两脚板子，嚷嚷'受够了'。您想想，受谁的够，还不是史尼的够！您呀，别尽顾着咱自个儿的和睦，影响了人家的团结，劝阿合回家尽丈夫尽父亲的责任吧。还要劝他以事业为重，别只管围着史尼转……您别瞪我，事实俱在，除了睡觉，我看他简直就是一棵草，摇曳在史尼出现的任何地方，您那里，我家，从您那里到我家的路上，再从那条路上延伸到四面八方。不是史尼在半道上迷路了找的他，就是他约的史尼，总是这种说辞，您都不烦吗？雪最大的那回，他俩给堵路上了，咱们等他们吃饭等到晚上九点，您不会忘了吧！不就是您派史尼出去买几头蒜，她一看见雪飘便忘乎所以，欢喜得一路跑到故宫，她表哥开车接她折腾出来的吗？史尼帮到我了不假，可她完全是为了帮我吗？还不是借机从您身边跑出去呼吸她要的自由空气。您可别以为史尼没见过世面，乐意让一个来自偏远山区的女孩大开眼界是您的觉悟、善心，她可是在珠江三角洲见过大世面的，也不是女孩，是年过三十的少妇了！"

话到此处，我问我妈，史尼的丈夫有什么消息或者说法吗？

我妈说，她就没偏要让我扳正，让我省省唾沫，别背后说史尼的坏话。

倒好言回答我，史尼被她丈夫约着出去见过一面，半个月前吧，她丈夫好像由邢台去了山东打工。我妈表扬史尼，明白事理，没往家里引。我问：

"您没见到？"

"就住了一夜，在我们小区旁边的汉庭。给我带了个好，说，不好打扰我，等以后有机会会来看望我的。"

"好了，不说史尼，您别急着打断我，阿合的表现我还得唠叨几句，关系到工作。自史尼来咱家干活后，阿合老拿治安志愿者的活儿当借口，装得比警察还忙，可是您知我知老天也知道吧，一溜烟儿就跑您这儿来了。您别以为他稀罕您，是稀罕在您这儿的史尼。他自己负责的项目我可以不管，可集体名下的呢，分给他的活就像粘手里了，出不来，同事们再关注治安环境，再感谢他，再体谅他，再搭上一把手帮他，项目该搁浅还是搁浅。这是史尼出现前从没发生过的事，您觉得这合适吗？"

工作永远优先，是我妈那代人的信念，看她以为然的表情。我跟进一句：

"您可别觉得我嫉妒史尼，真正嫉妒她也有资格的是小季。小季所以甩手而去，没准这也是一个原因。妈，您怎么看阿合和史尼的关系，他们走得也太近了吧，您没发现吗？阿合看她的眼神有点那样……"我眨巴眨巴眼睛，做出放电的样子，略一顿，不能忍：

"貌似情人间的！"

"咄！"我妈发声喊，我已一吐为快，强辩："您眼睛平常多毒啊，我不信您没看出点儿名堂……"

我妈又"咄"一声，又不是唱京戏，干吗呢！我妈也不像真要封我的嘴，搁下这个话题，我说：

"虽然给史尼置装，小季不反对，但您不认为阿合花钱很任性吗？给史尼衣服都买牌子货，手机也是苹果的，还搭上您，听相声看京戏、下馆子。"

听到这里，我妈脸褶打堆，烦我可能到了极限，她让我省省唾沫，不明白我为啥揪着史尼不放，从没见过我在别人的事上这么费心，替古人担忧，还一腔八婆得让人生厌，不像一个女知识分子。

这后一句把我说笑了，还女知识分子呢！

我妈啪地在我手背上击了一掌，瘦骨嶙峋的手，打得我生疼，损我，说，史尼都弱势到惹人心伤的地步了，居然还有人嫉妒她，也不赖！又说，你不用假意替小季鸣冤了，她怎么着都有资格，你呢，年龄一大把了，别觉得阿合在青海扔下你先回来，被冷落了，就扭捏作态，就更年期作怪，难看！

我几次想打断她，都没成功，对她的眼尖舌毒，我其实也无以辩驳。

她已经在声明看戏也好出来游玩也好，史尼和她的那份都是她出的钱，不存在蹭阿合油水的事。至于外出吃饭，她承认阿合付的次数多，腿快胳膊长，抢着付账，追不上，但莫斯科餐厅那次，我妈说，还有日料店、粤菜馆都是她付的。

她一边说，我一边嗷嗷痛叫，尽拣高档餐馆吃，这不得吃出财政缺口啊！

我妈干脆目视前方，再不搭理我。

"开放日"

我妈说到做到，实际像在赌气，温都水城所花费，包括史尼那份，第二天结账时坚决自掏腰包，此前说好由我来孝敬她老人家的。

如果阿合家的车没被小季开走，我妈肯定就不坐我的了。二选一，女儿的女婿的，只有选我，阿合搭乘刘曦冬为此次出行租的车。早饭时听说小季昨晚回来把莫勒带家去了。

都坐定了，史尼突然要下车，以为她忘东西了，结果，跑向的是前边刘曦冬的车，那车正缓缓启动。

回来没说干什么去了，只轻声抱歉耽误我们的时间了。

夜里，问刘曦冬，午后临出发，史尼叫停他的车为哪桩。

递了个机器人给阿合，说是给莫勒的，刘曦冬答称。

临睡，来了条微信，我妈的，明了、严正："史尼和阿合的关系已经是过去时，不要瞎猜，也不要把你妈当傻瓜！"

我哼出声来，掉了牙的母老虎，警告谁呢！

也不能不在意，前一天她损我的话犹在耳边。害得我黑暗里大张眼，怎么都睡不着，不敢太翻身，免得惊扰刘曦冬，汗湿了一身又一身，再黏着床单，几乎一夜无眠。

清早，爬起床，昏头涨脑，勉强把存在冰箱里的鲍鱼粥在微波炉里打热了，给父女俩当早餐，再开车送女儿上学、捎老公上班，难得第一个到单位。

别的同事悉数到位，工作时间如水逝去，超过三十分钟，阿合仍然没出现。

自打史尼来后，对此，我已经习以为常。

连一贯淡吃萝卜咸操心的小魏也不再对阿合的行踪感兴趣，尽管他并不知道史尼这个原因。

一方面，也在于小魏的兴趣转移到虫草栽培上去了。近来，不是哀叹自己钱少，凑不了多少股，就是动员其他同事勇于入股，号称绝对比炒股做基金换钞找补汇率强不知多少倍。

我把警钟挂在他脑袋上，响彻云霄的提醒他不要错了眼神，闪了钱财，还把别人带进坑。到时两相交叠，可不是吃不了兜着走的事，真金白银，得拿血和命来换！

他根本听不进去，跟打鸡血似的，等着盼着栽培中的虫草让老天吹口仙气，立刻变成金珠银珠在眼前蹦跶。

不只阿合，他的活儿也陷在沙子里了。这不，他的两位搭档正齐声催他呢！

耳听着同事们的喧声闹语，燥热顿起，额头、脖颈儿都是汗，难道确如我妈说的更年期了？

手机响了，正好打岔，迫不及待地接起来，是阿合，喘息都带着兴奋，让我往窗外看。看出去，从他的车里，我妈正往下迈腿，由史尼接着，一旁轮椅已经安放妥当。

啊呀呀，叫苦不迭，不知阿合把我妈和史尼带来单位是演的哪一出？

飞奔出去，在楼门口迎上他们。

我妈脖子硬挺、目光凌厉。"要不是阿合，"她说，"我死了也没有可能来看看你的工作环境。"

"您也没要求过呀！"我咕噜道。

"人家阿合怎么就知道我一个母亲的心呢！主动问我，雷厉风行，昨晚的计划，今天就落实了。"

不及抱怨，阿合脚下生风，推着我妈，史尼碎步紧跟，闪过我，沿着走廊，直奔我们的第五实验室而去。

紧跟着他们进了实验室，男女同事六位呢，齐齐放下手里的活儿，都跑来和我妈寒暄。他们中有见过我妈的，更其亲热，围着我妈和她的轮椅，个个的脸跟向日葵似的，直冒傻气。

我冲他们抱歉不及，嫌我妈把我们实验室当旅游观光点了。

小魏讨巧，说，我们的实验室就应该向大众开放，让大众和植物做朋友，认识环境、保护环境。眼睛却在睃史尼，问阿合：

"这位就是你介绍给阿姨做保姆的表妹吧？"

阿合嗯嗯应答，一边瞟我。

我妈抢过话头，纠正小魏话里的"保姆"一说，建议他用"家政人员"，简称"家政"也行，说，她不想因为年老体弱被歧视。

真有我妈的，竟从轮椅里挺身而起，缓步四处打量，引来的惊呼、赞叹、咨询、求教，是其中最持久的声浪，我的同事都知道我妈脑出血，瘫一年有余了。

我妈未必瘫过，但她双腿有力，重新站立、行走，确实功归史尼。

不容我发声，我妈封了史尼一个头衔："小医生"。

众人噤声，听我妈慢条斯理地讲述自己脑出血后的身体感受，肌无力，骨头酥软，手抖脚抖，腿迈不开步子，差点尘归尘……

关键时刻，她的小医生史尼现身了。

我妈声称，她的腿脚就是靠着史尼配药、熬药，再热敷、浸泡、按摩、轻捶，得以复苏的。

我妈吹捧史尼已经很卖力了，阿合犹嫌不足，提醒她：

"阿姨，史尼给您配的药草里，有好多种是我们的彝药，都是史尼让老家的人寄来的。史尼从长辈那里，可没少学本事！"

这后一句完全是冲着如我般的同事夸耀的。还没完，又提醒我妈：

"阿姨，您胃寒得不敢碰香蕉碰绿茶不也是史尼给调理过来的吗？"

我妈跟进说："调理过来的哪里只是胃，主要是便秘的问题解决了。史尼啊，我的小医生，"拉住史尼的手，另一只覆盖上去，"你可不能离开我啊，哪怕半步都不成。"转而面向我们：

"不敢老又不能不老的就是人啊！老了，七灾八病先不说，肚子里时时刻刻胀满的可不是几个屁几个嗝就能解决的，让你寝食难安呢！"

担心我妈开启诉苦模式，我赶忙打岔，让阿合抓紧时间让我妈和史尼完成她们的观光计划，毕竟上班时间，太干扰工作。说着，横了他两眼，以示不满。

我妈耽在我的实验台前，硬要我给她调显微镜，让她看我正在观察的雪兔子难得一开的花芯，惊叹这来自青藏高原的植物，手乱拨弄，不肯稍去。

史尼更甚，把住阿合的实验台，问询连连，彝话汉话混杂，彝话的对象单阿合一人；汉话应对的是除我以外的其他同事，主要是她在问，他们抢着在回答。

摆弄花花草草竟是工作，能拿来养家糊口，完全不在史尼的生活经验里，她当然要惊讶、好奇了，环顾我们装饰在四面墙上的标本图片，这个那个，认识的还不少，基本以彝话相称，除了马樱花。

其间，史尼多次表示可以帮我们采集她老家四面山上的花草，问我们收不收购。

且看史尼面色鲜艳，眼波流转，生气焕然，完全把自己的服务对象，她声声唤的梅阿姨忘在了脑后。

再看阿合，不禁咂了下舌头，家当摆了满台，标本夹，标本盒，一摞又一摞，草木花卉的实物照片，好大几本影集，翻检着让史尼欣赏尚觉不够，时不时点着某朵花和史尼嘀咕两句，用彝话。再不然，两人嘴角含笑，以目会意，特别有一种默契。难为阿合，同时还要支应小魏等人。

我嘿一声，使的劲比较大，他们都看向我，我请小魏等人各自忙去，让阿合带我妈和史尼去参观我们的植物陈列厅，我也一起去，已经有邻室的同事在我们门口探头探脑了。

好像是为了全方位向史尼展示自己，在去往展厅的半途，那些玻璃面的宣传栏里，阿合的形象，不但出现在歌咏、郊游的照片里，也出现在群众性体育活动中，基本是在篮球场足球场上逞英豪，飞身上篮的，临门一脚的，不一而足。

这些留影又引来史尼的一波兴奋潮。

在阿合和他的照片间旋转着身体，兴奋地刚用彝话开了个头，我妈便笑容满面但坚决地打断她，要求她改说普通话，别说方言，尤其在讲一个有趣的、大家可以一起分享的故事时。她称，这样可以增进我们彼此的感情。

史尼改用汉话讲的故事，主人公阿合无疑，娃娃王，一群小屁孩追着他一起打篮球。

至于她自己，背着弟弟，在球场边来回追着看男孩子们打球，帮他们捡球，趁男孩子们休息时解下背带，把弟弟往地上一放，和女孩们拍球传球耍。她说，阿合经常教她投篮。

阿合是投篮高手，个子小小的，球能抛到天上，再掉进篮框里。"当然丢得进去啰，弹弓打得那么准，飞在空中的鸟儿随便打下来，再来投篮，有啥难的。"史尼说，扭头让阿合猜：

"你用篮球从杉树尖儿砸下来的锦鸡，你晓得我抱到街上卖了多少钱？"

她自己回答："三元。"

骗阿合两元，打到锦鸡的阿合只分得一元钱，还很感激她。

"你爸爸听说后，对我说，以后让我跟他一起做生意呢！"

展厅完全是走马观花，一圈下来，照片从黑白到彩色，再到投影，满目都是各式各样的植物绿的叶、红的黄的白的花，再加上玻璃瓶里、柜子里在射灯聚光下更其闪亮的植物标本，不眼花缭乱都不行。

史尼替阿合抱屈说，早晓得他考上大学是为了和这些花花草草打交道，还不如一开始就采草药卖钱，要不，跟他爸学做生意，现在他家可能都在成都买房了，何必住在西昌。上警校也好呀，当警察当法官当检察官，就是当律师，耍嘴皮都比这座山那座山地刨花花草草好。这后一点倒是切合阿合爸爸的想法。

花花草草的标本、图片持续，史尼相关的话题也继续。

惊讶过后，她对我们的植物标本有所不屑，这个那个，不都是羊儿猪儿牛儿喜欢吃的草吗？也有让她惊喜的，沙棘结的果子酸甜，葛根水大的沙的都好吃！啊呀，香榥也有啊！说，她家后山上的香榥品种好得很，除掉外皮，里层的绿皮白皮刮下来揉在一起嚼，有点苦有点回甜，可有嚼头了，还清火。小时候，砍了多少到县城的街上去卖啊！

我们四人的午饭桌上，史尼也不停嘴。

我妈适时点评史尼提到的那些山中果实的药用价值，是中医药，包括彝医药的宝贵资源。

听似在引导史尼，开拓她的知识面，实际是在激励我，拐弯抹角，也有炫的意思，很期待我为祖国的中医药事业做出贡献。

让我向屠呦呦学习，争取做屠呦呦第二，如果能够从某种或者几种植物里提取出根治癌症的成分。"哪怕到屠呦呦拿到诺贝尔奖那个年龄也行啊。"我妈说，只是遗憾她看不到那一天了。

竟然，特意拜托阿合一定要在各方面支持我，说，人分帅才将才，有主事的，就得有辅佐的。

我都哑然了，瞅阿合，心服口服的样子，胳膊却贴住身子，手在大腿边，慢慢地摆了两摆，制止我可能的回怼。哎呀，我窘得恨不能地上裂条缝，直接把我吞进去！

好在，我妈换话题，改去教导阿合了，显然，我嚼的舌头也起了作用。

我妈表示一上午参观下来，发现阿合的工作进度是我们当中最慢的。

我一惊，生怕她把我兜出来。

真有我妈的，她所谓的"发现"来自我们挂在墙上、一周一换的进度表。她垂询阿合：

"你确实掉在大家伙儿的后头了吗？"

这下，阿合的椅面上好像有针尖儿，抬屁股不是，不抬也难，掉头，扫了眼史尼，那一位也比他好不到哪里去，我妈这是一箭双雕啊！

我妈断然道："阿合啊，我看是这一段时间你老来关照我和史尼影响了工作！"手巴掌朝外，再一前推，"工作要紧，别再操史尼的心，我的也别操。史尼已经完全适应北京的生活了，而且，我俩性情投合，不知史尼如何感受，我是觉得史尼比你的俞组长、我的女儿还理解我。"我妈又说，语重心长：

"阿合啊，你不要光负责早上送莫勒上学，还应该惦记下午放学接他。小季在私企上班，分身没你那么容易，人家又不是为自己，听你说，家庭经济主要是她在支撑吧？"

飘　逝

接下来的三四个夜里，我妈每夜发一条信息，每一次只三个字："不高兴。"不言而喻，指的是史尼，原因直接，阿合被我妈拦着不能来了。我回信说，不然，我过去打打边镲。我妈很坚定，言简意赅："不惯她！"

我哪有置身事外的觉悟，转过两天，下班后便去了我妈家，以蹭饭为名，其实是无事忙，想瞅瞅史尼啥状况。

还没坐定，阿合驾到，带着儿子，放学后直接过来的。

阿合说，莫勒想吃史尼做的麻辣味。

不过是油煎的土豆片，沾上辣椒面、花椒粉、盐。

史尼喜出望外的样子，搂着莫勒问长短，不管小家伙身子扭得麻花般，无比想挣扎出她的怀抱。

许是我花眼了，史尼好似泪水满眶！

另一头，我妈在和阿合暗自对眼神，大有谋划成功的嫌疑。

我被撇在他们以外，再一次。

史尼炸得土豆片出来，作势喂莫勒，这位一偏头："我又不是小娃娃，自己吃。"

史尼便问，她做的麻辣洋芋片好吃，还是爸爸做的好吃。

莫勒被麻辣得哧溜哧溜，咀嚼却不停，含糊道："爸爸妈妈做的都不好吃，表姑的最香，像阿玛做的。""阿玛"，彝语译音，奶奶的意思。

"以后就来我这里找阿玛的味道吧。"史尼说，爱怜地抚摸着莫勒的头和脸蛋。又问他：

"我给你买的金刚呢，好不好玩？"

小家伙没有正面答复，但意思明白：喜欢妈妈买的那个。

用手背横着一擦油红的嘴巴，就比画开了，夸耀他妈妈给买的金刚大且不论，眼睛还能放光，靴子还能放电，击打在手上，麻酥酥的，全班同学，数他的金刚最厉害。

他爸爸轻喝他，乱说。根本不加理睬，麻辣土豆片也不吃了，一迭声地喊走，好回去玩他的大金刚。

他爸爸劝他先在这里做完作业回去才有时间玩，再则，这会儿车比较多，只会堵在路上干着急。

我妈也给予切实的声援，让史尼给莫勒取根冰棍来，润润嘴。

史尼紧忙从冰箱里取来一根，脸色郁郁的。

我不打算被排斥在外，趁此时气氛发凉，促声问："怎么回事？"环视在场的大人儿小人儿，"不是说好以工作为重，减少聚会的吗？"

"形式主义害死人！"我妈损我。

不满的火焰蹿出来，直奔的是史尼，燎着的是我妈和阿合。

我质问史尼，是来做家政的，还是邀宠的，搞得大家都得将就你，放下正常的工作和家庭生活。这半年时间，阿合的工作受到很大的干扰，实验拖沓，急活全推掉，差不出，会议不参加，领导再三督促也置之不理，难道要毁掉阿合的前途才罢休吗？

虽然照顾我妈得法，莫名地还得我妈喜爱，但家政人员无疑吧，哪来的骄心傲姿，真令我百思不得其解！

我妈不断喝止我，没能达成。

史尼迸出泪来没有片刻，竟然收回去，就是我说的一副傲姿了：下巴颏高抬，眼睛俯视，嘴巴紧抿。

尴尬的是阿合，神情难安，坐立不稳。

"感觉你们三人之间达成了某种谅解，只有我跟这儿瞎着急。"我转圈看着他们说。

让我想不到的是我妈的语气，前所未有过地和缓，又带着丝丝沁人心肺的暖意。"谅解，还备忘录呢！"她说，"如果你是这样理解的，也不差吧！不是说谅解这事的时候，你先回去，晚一点儿，我给你电话。"

她表示，他们要去散步，趁天黑前，晚春的风再不享受就得等来年了。

一同下楼，本来有心跟他们走几步的，可好像我是空气，坐轮椅的，推轮椅的，可以穿我而去，毫无阻碍。

悻悻然，也伤自尊，开上车，追着他们的背影，使劲摁喇叭，没一个回头，越紧地贴住路基，那小莫勒也是。

却惹着了林氏两口子，认得我的车，大声喊停我的喇叭响，阿姨一个劲地叫唤："吵人呢，心脏病都得被你吵出来！"

这老两口也真让人眼晕，不挨家待着，尽在外边晃。

这会儿一个忙着把挂在银杏树干上的鹦鹉笼子往家挪；一个在刨门前巴掌大的土地，准备撒花种子。一株铁线莲枝杈舒展，花苞点点绽红。

慢踩刹车，与我妈他们并行，就阿合冲我挥了挥手。

然后，然后，阿合的手缓缓下落，直接覆盖住了史尼握着轮椅把的手……

这种电视剧般的拉高压低加定格的慢镜头，难道就是我隐秘的内心想要捕捉的吗？

现实世界里，我捕捉到的是阿合侧脸俯看史尼的沉痛眼神！

午夜梦回，要不就是念念在在，脑里眼前的黑暗中，都是一个裹在褓褓中飘浮的婴孩，面貌不清，纱衣下垂，那是史尼不满周岁的女儿，此时已随风逝去数日，而我将才听闻。

临睡前，我妈如约给我打来电话。

我躲到书房，听她告诉我史尼失去女儿的哀恸，还有那小小的女儿离世的经过。

没有太责我，为我晚饭时对史尼的无礼。"不知者不怪。"她温厚地说。因为史尼，她越来越柔软，也属不争的变化。

那个小小的女孩死于看似一般的感冒发烧。

先是奶奶给喂了半勺调兑的蜂蜜水，没起作用，又喂了半勺。

蜂蜜采自后山的野蜂窝，包括奶奶爷爷在内，这山上的人发烧了、火大了、拉不出屎了，靠的都是蜂蜜水。

靠不住时，就找毕摩，兼职医者的祭师开点草药，要不熬水喝，要不贴在额头上太阳穴上，命大的，命不该绝的，总会好起来。

可村里的老毕摩去世了，年轻的毕摩因为退耕还林，一家人早搬到镇子的边上去了。

那里收纳了很多因退耕还林搬迁的家庭。

史尼的丈夫盘加也在那里买了块宅基地，他的心很大，想盖四层楼，两兄弟一人一层，父母再一层，底楼拿来做买卖，吃租金。

考虑得倒是周全，退耕还林的补贴却不在他的理想数之内。便和弟弟商量，把买宅基地余下的钱当作本钱做生意，等一年两载挣足钱再盖楼不迟。

结果显然，竹篮打水一场空，连准备拿来盖楼的地都抵押了出去，父母也只得搬回山上的老家去住了。

那婴孩开始吐汤水后，爷爷奶奶方寸大乱，手忙脚乱地抱着孩子一路小跑下山，直奔乡卫生院。

他们在半道上碰到一个驻村干部，随身的挎包里装着三几把面条和几个肉罐头，类似随手礼，带给自己的帮扶对象。

问明缘由，他接过那小女孩来抱在怀里，陪他们去就医，抱怨他们为何不提早给他电话。

"你家的大儿子没给你们打电话，哪怕捎口信来吗？晓得他在哪里吧？"

照例是当爹的回答，也不肯定："他在北京吧，大儿媳在那里当保姆嘛！"反问：

"你咋见我们一次问一次呢？"

驻村干部不搭腔，直催他们："快步，快步！"

下一句话他说不出嘴，后来在卫生院，他说，那一刻，他感觉，怀里的娃儿越来越冷。

他还建议，反复多次："把娃儿的爹妈喊回来嘛，最后见一面娃儿嘛！可怜这个娃儿活在世上都没有和自己的爹妈待够半年吧！"

听及此，我打断我妈的讲述，也说："怎么不回去呢，哪怕史尼，也不回吗？"

史尼也没回去，唯一原因，不打算被婆婆骂死，盛怒之下，被砸石头也可能，在丈夫不能一同返乡的情形下。

她婆婆说，那小小的女孩如果有母乳吃的话，端不至于丢了性命，恨史尼丢下吃奶的孩子跑出去瞎逛，所谓找丈夫不过是借口。

她的丈夫呢？阿合答称，联系不上。

"多奇怪，老婆的电话也不接吗？"

"不负责任的坏蛋。"阿合恨声道。

我不禁问："你认识史尼的老公吗？他不是你和史尼一个村的吧？"

不，他不认识，也没见过。

如果见到的话，肯定得暴揍他一顿。

当然，也可能就是互相扭在一起混战。毕竟听说史尼的丈夫和他一样，都有彝式摔跤的底子。

史尼的丈夫在老家还是有名的摔跤手，每年在乡间挣个糊口的钱不成问题。可他不安分，打算一口吃成大胖子，什么都敢干敢赌，哪料想，一屁股的债，老婆娃儿撂一边，不管不问，女儿小小的去见了祖先也只能躲着藏着，不露头。

这是我妈和我通话后的第二天午饭时分，我约阿合在单位旁的一家咖啡馆见面，一起就着咖啡吃了块三明治。

窗外，对面大楼延展的阴影让路人、银杏树、丛栽的月季看上去都比较沉郁，阿合的心情当也如此吧？忽听他说：

"您看，那边的月季已经开了。"

我循声望去，绽开的是一朵绯红的、两朵明黄的。

"嗯，"我说，"能开到秋末吧！"

"何止秋末，初冬都没问题。不过，那会儿就该像塑料花了。"阿合说，有意挑起我们的共感，我不想呼应他，我说：

"前段时间，我妈告诉我，史尼的丈夫从山东来看过她，他们还在外边住过一夜呢！"

阿合看着我，瞠目结舌，脸上慢慢地在添色，更黑了似的。

"你不知道？即便史尼不告诉你，我妈能忍住吗？"

他勉强回应："是吧！"语焉不详。

我也没那么想搞清楚，转而直奔主题：

"约你出来是想和你商量，我单独陪史尼出去逛逛会不会对她有帮助？"

"没有帮助！"他声促气躁，自己也有所感知，缓声，又说：

　　"要约她散心的话，最好阿姨也去，她很依赖阿姨。听到噩耗那天，她趴在阿姨腿上哭得昏天黑地。七八天了，要不还是哭，要不发呆，一句话没有，失手摔了碗盘，腿软跌一跤不知发生了多少回。多亏阿姨不但不怪她摔烂碗盘，还多方开导、劝慰……"

　　又是自己有所感知，他脸上轻红了红，说："抱歉，俞组，我话太多了。"

　　问我，确定约史尼散心吗？什么时间呢？

　　我说，就下午吧，让他回单位帮我请半天假。

　　随即，我给我妈挂了个电话，说，我过去接她和史尼去北土城的海棠花溪游春。

史尼的"药"

　　所谓海棠花溪，不过是一截人工河两岸手植的几列、数百株海棠花，间插着一些红桃、丁香等。

幸得有史尼大力推着轮椅，在如织的游人中开出一条道来，紧随在一旁的我，才多少能欣赏到乱花掠眼那云涌般、雪纷纷般的景致。

前提是平视、仰视，尽量少动脖子，不往左右看，那两边林立的高楼、道路上迅跑的汽车，会瞬间扑灭清雅的游兴。

还得提防既不被往来人等撞到肩背，又不被轮椅的把手、轮子别着胳膊腿。

找不到和那逝去的小生命相关的话与史尼说，安慰的时间已过。试探着搭搭她握住轮椅把的手，一股抗力由手心急蹿而来，贯穿全身，火速挪开。有个话题似可以：

"你的故事没讲完呢。"

史尼呆滞地看向我，我提示说：

"你忘了吗？那天在我们单位，你讲了好多阿合小时候的故事呢！听你讲来，阿合打小就是好儿童，不像那个年龄的男孩，顽皮得狗都嫌，还不讲理……"

"我啥时候说过他是好儿童了？"史尼说，石雕一样的表情慢慢漾开，眼睛渐活泛。

"教你投篮啊！你那天说的。"

"哼，还不是贪玩我弟弟的小皮球！"

阿合还是她的"药"啊！

他们两位的父亲结伴外出打工回来过年，各给自己的儿子带回来一个五彩小皮球。

阿合拿来当篮球排球足球玩，和他的朋友们，三下两下，被石子磕了被荆棘扎了，刹那间，破皮泄气，瘪了。

便来动员史尼，让她把她弟弟的那一个给他们玩，交换条件是他妹妹那带蝴蝶结的发卡。

史尼的父亲没有给她带礼物，她是家里的大女儿，理所当然的小大人。其实她刚九岁，和阿合同龄。

这个小皮球的命运更不济，阿合只一脚就把它踢来飞过篮球场的荆棘围栏，直落到二三十米下的深沟里。

再要捡回来，一上一下，非得花上半天的时间，还得保证它没掉进石缝、草丛中。深沟里那条溪流冲劲十足，如果恰好掉入其中，冲跑无疑。

这样的结局，在他们的爷爷爸爸辈时都躲不掉，那还是标准的供比赛用的篮球，何况一个玩具球！

玩具球不知所终，招来的是史尼弟弟的号哭，史尼的被教训。

阿合当然也跑不掉。

　　他父亲只打算应景打给史尼的家人看，哪知道，表演过度，几箭竹竿下去，阿合的胳膊腿顿时凸起道道红杠，皮破、血点点。

　　假戏真做，最难受的是阿合的爸爸，疼儿子啊，心尖尖都在颤，马上带到县城，任由阿合挑比赛用的皮球，最好是篮球。

　　阿合没听父亲的建议，挑了足球。

　　按他爹的设想，阿合应该是他家也是他们村子的篮三代。

　　集体化时期，他家所在的公社因为篮球胜出，远近闻名。

　　阿合的爷爷是第一任队长，阿合的父亲荣膺第二任。

　　一阵风刮过，改个人做主，盛极一时的体育、文娱活动，因为青年、壮年们外出打工、经商、忙自己的农活牧业活，烟消云散。

　　具体到他们村，曾经精心平整出来的篮球场在阿合的少年时代石坷漫地，栽来当围栏的荆棘、刺柏、箭竹再也无人打理，四面八方疯长，大半个球场都被遮蔽了。

　　剩下来的小半个场地正好供学龄前后的娃娃玩耍。

　　领头的不超过十一二岁，到那个年龄，村里只到四年级的小学校再容不下他们，能读书的多半由家里送到乡小学，特别的如阿合直接进了县城的小学，然后初中高中，考上了大学。

在村里的日子里，阿合是当仁不让的娃娃头，上山打鸟追鹰，以鸡骨、竹竿和邻村的孩子比高低竟至打起架来，十处打锣九处在。

当爹的长年不在家，根本没人教训得了他。他妈妈哪里追得上他，旋风似的，就刮老远去了，朝他扔过去的石子，假如不偏，距离他的脚后跟也在三五米开外。

在两个玩具皮球之前，阿合还玩过一个破旧的篮球，是他爷爷的，老跑气，每回玩时，他和他的伙伴们得轮番嘴对着气门芯吹气，再抠肥皂屑糊了又糊，才能互相抛着玩一会儿，或者投篮，运球绝无可能，哪怕拍都不成，噗，噗，根本弹不起来。

即便如此，阿合也练成了投篮高手。

正是踢飞玩具球的那一脚，让他爱上了足球。

他新买的足球一开始谁都不让碰，抱在怀里，小心翼翼，步子都不敢迈了，要踢也在自家堂屋的泥巴地上。

终于惹得他爸爸怒气升腾，嫌他太屎、小气，不是干大事的料，一把抢来扔到篮球场，招呼他的伙伴们一起来踢。

那阿合也放不开，史尼某一天摸了下他的足球，被他当胸一推，推了个屁股蹲，也不管她背上还系着自己的小妹妹。

史尼当即大哭，刚及三个月的妹妹也连声呜哇，玩伴们围定她和阿合，起哄，笑话他们小两口子吵嘴、打架。

史尼言及此，以手背横抹去不知什么时候蓄满欲滴的泪水，恨声道："阿合小时候坏得很，哪里好了！"也算是对我今天开场白的答复。

我妈纯为纾解她的情绪，随手轻扒拉着她衣襟、袖口的落花瓣说：

"咱们把阿合叫来好好问问，问他小时候怎么那么调皮，尽招惹我们的乖乖女史尼了！"

她不应声。

天空灰蓝、空蒙，一股风起，海棠花树和它们那飘落的花瓣掩映着她，既近又远。

聊开阿合以来，史尼的悲伤情绪有所缓解，渐次亢奋，眼睛烁烁有光，弹性十足的圆实身体、有红实白的脸蛋，星汗微微，气息上扬。

我妈五指张开，柔柔地在她脸上轻拢一把，再举至眼前，拇指捻过中指食指，怜惜道："瞧这汗，清水一般！"
挨近史尼的脸：

"噫，还有茸茸毛呢，难怪这么惹人疼！"

我大概也被史尼"惹"住了，盯着她不转睛。

史尼在我们母女双份的谛视下，身心不安，两手一捂
脸，求我们别再看她，羞死了。

我妈和我第一次因为史尼，相看无碍，会心一笑。

史尼呢，也不示意我们，推着我妈一阵小跑，逃也似
的。

落在她们后边的我，故意大声喊她们"等等我、等等
我"……

花树上不畏游人哄吵的几只喜鹊，淡定地继续按自己的
设定各个枝头飞落，忙着拍和被拍花雨照的游人倒被我的喊
声打乱了脸上的表情、手上的动作。

等我追上她们，史尼羞色不减。"俞姐姐，"她说，
"刚开始我以为你是阿合的汉老婆时，心头好冒火，一边又
觉得阿合的老婆老是老了点，样子多秀气的！"

史尼版

这便开启了我们和史尼相处的友好模式，撇开了阿合，他也不以为意，巴不得似的。

阿合虽然不在场，但在我们三人一块儿吃饭、散步的时段里，他仍然是我们的一个话题。

听史尼说才知道，阿合的母亲反对他娶汉族姑娘。

他父亲却相反，骂老婆不晓得好歹，阿合大学毕业后只会在北京、成都那样的大城市做事，找个汉族姑娘不是理所当然的吗？"未必，你想要你儿子再回到这山旮旯里和我们一样过一辈子吗？"他说。

阿合的爸爸让老婆把身上的山皮皮脱了，换个装。

阿合他妈也幽默，说："换啥子装嘛，水泥钢筋吗？"

阿合的爸爸说不赢老婆，一般就用现成的话抵挡："头发长，见识短！"

除此之外，阿合他爸常挂在嘴上的还有："不管太阳光月亮光灯光，只要照得出影子，就踩着我的影子，如果照不出影子，就踩着我的脚后跟，反正跟着我就有好事。"

这后一句不但针对阿合的母亲，也包括阿合在内的所有孩子。

那汉族姑娘是小季，阿合同届不同专业的同学。

阿合是史尼他们那个年代的孩子里最有出息的，按他们的说法是有名气的人，至今，有关他的事迹上下三代人还在津津乐道。

想必，有意无意间，也随风灌进史尼的耳里不少。要不，她此时哪来的小季和阿合的故事讲给我们听呢？

总之，来自乡亲们口口相传的故事，都是汉族姑娘小季在迷阿合，五迷三道，自己姓啥都忘记了。

一般都说，小季暑假寒假都追着阿合跑来凉山，替他家打猪草，卖杂货，上山搂柴火、采菌子、摘山果，没有她不搭手的活儿。

可是呢，到底城里，还是首都北京生长的娇滴滴的姑娘，被一只鹅撵着也会惊叫唤。反而，一条小蛇爬在鞋面上倒不怕了，以为是槐树、杨树上掉下来的啥虫虫。

还会忘记自己手头的事情，山上山下，采上几枝几朵红的黄的粉的野花，头发上、衣襟上先插满了，再带回来插在玻璃瓶、塑料瓶里，饭桌上、柜台上到处都摆来耀眼睛。

阿合的妈妈对她有成见，说，她那是知识青年到乡坝里来图新鲜，找要要。一点不领情。镰刀伤了手，山坡上踏空摔烂了腿，也不同情。经常在阿合耳边吹冷风，唱反调，鼓动阿合和她分手。

阿合爸爸的风格一贯和人不同，他就骂阿合的妈妈拆台、动摇儿子的根基，说，城市丫头、知识青年想高攀都不晓得在哪里，现成有一个，又稀罕你家儿子，你还挑，瞎子都比你强！人家小季同学，骨子里透着机灵劲，长相哪里比不上你儿子了？大额头，亮眼睛，又懂礼、识大体，爸妈都是体面人，她爸爸还是有名气的大学教授，不嫌你是少数民族，你倒嫌人家，汉族彝族怎么不能开亲了，生的娃儿都要聪明点！你儿子，山里娃，弟妹多，上有老下有小，妈和爹没有长流水的进项，人家小季倒贴给你，打起灯笼到哪里找这等的好人儿！

听着听着，有句话磨着我的耳膜嚓嚓响，总感到哪里不对劲。

我叫停谈兴正浓的史尼，问她，阿合上有老下有小作何解？

她啊一声，眼睛眨巴到第二下已经是狡黠的笑了："上有爸爸妈妈下有弟弟妹妹啊！"

我妈说："史尼，你的汉话还是成问题呀，你这里所说的小，应该是比阿合低一辈的人，如莫勒，不是比他年龄小的弟妹。"

史尼没接腔，开始点评阿合的爸爸狡猾、会算计，啥事都躲在后边，成功了，得到的好处比谁都多；失败了，处罚和他一点不沾边。小时候打群架这样，长大后一起打猎、打篮球、在生产队干活路、出外打工兼做生意也这样。养的娃儿也比史尼家的有出息，比如阿合。

史尼说，阿合的爸爸狡猾就狡猾在把自己发家的功劳，全部归于阿合的帮助了。

好似他家致富的资金、资源都是他那高考一战成名，考去首都北京又留在首都北京工作的儿子提供的。

还散布他家的汉族媳妇没要聘金。在彝族圈子里，大学生也是一个条件，聘金可以开到十五万左右，一般的七八万。

阿合的爸爸到处声张，阿合的媳妇非但没有要聘金，还经常挖娘家的墙脚，资助婆家。

"哪里是嘛，阿合他爸故意这样说的，他就怕别人找他借钱。"史尼说。

真碰上钱方面的纠缠，人家哪怕朝他借二百元也不干，玩反转，声称，儿子儿媳要买房，全投给他们了，北京的房子，你们又不是不晓得，一个厕所能在这里买座山。说，为了凑钱给儿子家买房子，他半个月没闻到肉气气了。

叹口气，又说，舅舅家的儿子娶媳妇，一头牛的赶礼钱，还不晓得从哪里筹呢！愁上加愁，都快翻白眼挺尸了。

史尼言语至此，转折来了：

"可他要给我家赔钱，今天说，明天就装在黑色的塑料袋里送来了，二十万呢，好大的一坨，嗵地墩在地上，我妈没注意，差点绊一跤……"

且慢，且慢，我打断史尼，我想不通什么赔钱会高达二十万，以他们那小家小户而言。

"悔婚钱！"史尼没好气又决断地回答。

呀，需要那么多钱呢，一个小小不言的退婚！

我妈说话了，先征询史尼："可以告诉你俞姐姐吧？这么一段时间以来，你应该感到她的诚心、好意了，安慰你公婆的那五千块钱，有三千就是你俞姐姐出的。"

我来回看我妈和史尼的表情，就像我女儿挂在嘴边的，满满的都是隐私啊！

难道我的表情太急切？我妈让我不要做过度联想："好奇害不死猫，"她说，轻笑一声，"嫉妒却害得死，起码把人害傻了！"竟然掉头说与史尼：

"你俞姐姐这段时间可嫉妒你了，觉得阿合特别关注你，自己受冷落了，阿合和你俞姐姐像姐弟，可亲了。"

不愧我妈妈，捎带着又给我打了个圆场。

她让史尼把和阿合、和他家的关系，来龙去脉，都讲给我听。表示，她可以帮着做一些注脚。

在史尼讲述的过程中，何止注脚，我妈还有补充，起承转合也是她在把握，可见，她早已是史尼的贴心知己。

我已经听过阿合的版本了，可我不能说出来，那样的话，除了坐实我嫉妒史尼外，最可能的是史尼会感到阿合背叛了她。权当史尼版，听吧。

史尼说，阿合家提出取消她和阿合的婚约，是在阿合高考结束等通知那段时间。

意图太明显，阿合的爷爷深感脸上无光，跑去县城儿子家跳脚大骂了一通，还担心，悔婚的丑话既已出口，到时阿合考不上大学可收不回来。阿合的爸爸不为所动，称阿合就是上山西下煤窑到东莞当车工也要退婚。阿合的爷爷气得抽身就要回老家。

为了安抚老爷子，阿合的爸爸命阿合相送，捎带看望奶奶，上大学前就不用专门回去了。

桥段来了，阿合在老家的村子里与史尼不期而遇，也是必然的。

如果没有指腹为婚，史尼的"必然"在那一刻，是在沿海那些资本发达的城市打工挣钱。

附近山上的年轻男女，勉强混到初中毕业，差不多都成了务工人员，沿海那些城市的大小工厂里都有他们的身影。

他们正当青春，一茬一茬，有的是惹祸精，有情无情的还生出很多情事来，根本不顾忌自己早在父母的安排下，已是某人的准丈夫或准妻子。

对此，极端的例子是，双方父母、亲戚同仇敌忾，各自抓回已订婚却可能连对方的面都没见过的子女，强行让他们举行婚礼，结为夫妻。过程中，出现抓扯伤人、逃跑，牵涉到刑事上的事端，时有发生。

预防起见，史尼的父母有意把她拘在身边，不让她出去闯荡，即便挣钱贴补家用或者给自己准备嫁妆，也不让。他们担心随便的一点绯闻，或者确有其事的污点，都会断送掉和阿合家的这门好婚事。

史尼最远去过县城，她爸爸想当然，让她去跟阿合的爸爸学打算盘、算账，希望史尼有一天可以对婆家的生意有所帮助。

哪里知道阿合的爸爸早就改用计算器了，千以内的数字还只用心算。

史尼在阿合家待了两个月，算盘都没见过，每天主要的活儿是，围着灶台帮阿合的母亲煮饭做菜。

也去他家的杂货店帮忙，不是看摊子，也不用她算账、接待顾客，而是干搬运和摆放货物、打扫卫生的粗活。

她感到阿合的爸爸很轻视她，都不耐烦和她一个桌子吃饭，正欢笑的脸掉向她立刻冰冷，本来上下嘴皮就长，瞬间凝固，竖纹丛生，紧蹙在一起。她心里想得起的比喻是鸡屁眼。后来，她的两个妹妹私下都叫阿合的爸爸鸡屁眼。

饭菜一上桌，阿合的爸爸总要叹息几句，对象好像是阿合的妈妈，又不像：

"哎，这段时间，米面下得快哦，三天两头，米箱子面袋子就空掉了，荞面苞谷面也是。"

"洋芋也是粮食，多吃几个怕啥，噎嗓子吗？也太娇气了嘛！"

"怎么搞的，又煮腊肉，顿顿当饭吃啊，也吃得下去，败家啊！"

阿合的妈妈两头为难，在史尼和自己的丈夫之间，时不时地打听史尼什么时候回自己的家。

史尼也巴不得回家，可得等爸爸来接呀！

这是她十三四岁时的一段经历。

以后再让她去，死活都不肯，气得她爸爸直斥她烂泥巴一坨，糊不了墙。

在阿合家的两个月，史尼几乎见不到自己未来的郎君。她也不想见，只要想到阿合要回来，先就不安生了。

对方也是，有限回来的几次，似乎只为吃顿晚饭，搁下筷子便逃也似的一溜烟儿回了学校。平常，包括周六日，吃住都在那里，有躲避未婚妻之嫌。

实际上，两人在房间里连照面都没打过，史尼和阿合的妈妈一般在灶台旁吃饭。再则顶矮窗小，房里暗黑，即使两人迎面而来，也看不清彼此的眉眼。

倒是不断听见阿合的家人们，尤其是他爸爸讲他的优良事迹。

一般是接到老师的电话了，要不就是在街上，不但碰见了阿合的班主任，还巧遇他同学的家长，甚至教育局的某位领导，他们都在夸奖阿合，每回考试成绩不是年级第一，就是班级第一，还是全科，给学校给全县人民争光指日可待。

做家长的特别羡慕阿合拿的奖学金，据他的孩子带回去的信息，加上阿合考第一挣的奖金，恐怕平均一个月得有一到两千元吧。

不管老师、家长、官员，甚至一个过路听闻阿合出息如此的人，都盛赞阿合聪明天成，毕竟直到小学四年级汉话基本听不懂，更别提说和写了。

难道汉语学得好，外国人的话也一点就通吗？

某一天，确有人在街头看见阿合和两个黄头发绿眼睛的老外哇啦哇啦说得眉眼乱动。

阿合的爸爸由此开始操心起儿子的留学前景，他提到了美国和英国，虽然同样是帝国主义国家，但是比起日本来，他主张要去还是在那两个国家里挑一个吧！留学的经费呢，当然是国家给掏了。他断言："不掏给阿合这么优秀的人才掏给哪个！"也只那一次，他难得的看着史尼说：

"阿合留学走了的话，就只有我和他妈妈坐飞机去看他了，三年五年的，他可回不来。"

又说："虽说是大飞机，可是放在天上，不就是一个簸箕装上几个洋芋的样儿吗，哎呀，风刮起来，还不把人颠得肠肠肚肚都得翻个个儿。"

他觉得阿合的妈妈受不了那份洋罪，替老婆着想：

"只有等到海底隧道打通后，你才能看见你家儿子了，到时候孙孙都七八岁了吧？"一拍手，说：

"万一阿合那小子给我们找个洋儿媳，娃娃都得变模样吧？"

阿合的妈妈疾速地看眼史尼："鬼说啥子哦！"她骂丈夫，赶紧支使他去进货。

阿合妈妈极少当着外人驳自己的丈夫，在和丈夫对话时，多数时间，她也都是应答者和问询者。

如果她弄不清某个词问一问，比如"全科""指日可待""海底隧道"，她丈夫就会嘲笑她"草包一个"，再做解释。

私下里，她不一定能饶过丈夫，但只要阿合的事，场面上下，不管丈夫怎么瞧自己不起，都不会计较，总要打听明白才罢休。

月光柔亮

等史尼再见到阿合时已是六年后，她感到阿合只是放大拉长了，并没有什么变化，她自己不也放大拉长了吗？

史尼手里一直藏着一张他们小学时的照片，背景是乡村小学的土坯墙、瓦房檐，二十几个男女孩子，分三排，簇拥着中间坐着的几个老师，围成椭圆形。摄影的人是学校从镇上请来的，应该是专业人员，不知道为什么取的是远景，景里的大人小孩回缩了一大截，头小身小，神情依稀可见，木呆呆的。

倒是和史尼同坐在前排地上的阿合，两腿间夹着他那个一刻也不肯稍离的宝贝足球，腿脚前伸，很打眼。

史尼把照片扣在窗台上一尺长短的玻璃下，经意不经意地扫在眼里时，总会唠叨一句半句：

"足球是你的命啊，就你显摆啊，伸着两条小鸡腿子！"

"盯着我看啥，我可懒得睬你！"

"你安逸哦，闲闲地坐着，我要干的活路有多少啊，打猪草砍柴火放羊子薅草给梨子打药刮蜂蜜……什么，你说你学习更加累更加苦，费脑子，当然啰，脑子好使的没几个，要不都考去大学在城市里过日子，还不把那里给挤爆啰。好，好，我承认你更累更苦！"

……

随着史尼的弟弟妹妹离家上学打工后，二楼只留了她一人，空荡荡的，她的声音渐响，还有回音似的。

她妈妈有时会挨在一楼的楼梯旁支着耳朵听一听；有事上楼，如果她在窗前探头和外边树枝上的鸟儿应和，她妈妈会小心踏梯板、走楼板，轻手轻脚地靠近她，蓬张的桑树，风吹着，滤下的阳光斑驳、清亮，跳跃在史尼的脸上，正好映照出她欢喜的心情。如果她又在和照片里的阿合说话，她妈妈会先敲敲梯板再上去。

担心史尼，她妈妈问她爸爸，自己和自己说话会不会害病？

她爸爸直截了当："会，害神经病！"

她妈妈又觉得史尼也不完全是在和自己，也不是在和空气说话，对象应该是阿合，虽然是小时候的阿合。史尼流露出的神情尽管没有与鸟儿应和的开朗，那也自带着某种向往。

阿合家来商量退婚的事时，最伤心痛肺的是史尼的妈妈，眼睛都哭迷糊，看不清物件了，怜惜自己的女儿枉自痴情啊！可要拿在明面上来说，只能自取其辱。

说到底，指腹为婚也好，打娃娃亲也好，爽约要退婚也好，当事人其实是男女双方的家庭，尤其是他们的父母。

史尼和阿合在老家的山上相遇时，对由此产生的辱和被辱完全无感，难为情倒很切实，史尼还带点不安，她在和我妈讲述她当时的心情时是这样形容的。

她正在自家的地里捆扎收割的荞子，一捆再一捆，放在背架上，一直要高过自己的头、低到自己的膝弯才起身，一趟又一趟，背回去码在房前的平坝子上，准备打场。

往年这些活都是她妈妈和她一起干，但她妈妈那几天头晕眼花下不了床，本来她爸爸可以帮忙的，可他去了县城——其实就是去交涉她和阿合即将告吹的婚事。

听见有人说："我帮你！"

抬头一看，是阿合。

低悬在他头顶的深蓝天空上，似滞留着几朵表面有鳞片般光泽的团云，左右两边，青绿的松树、柏树，杂乱的青冈树漫山而上。

没有陌生感，摇头拒绝，也不奇怪阿合怎么会出现在自己的面前。

坐在地上，半仰在背架上套背带，弓腿，前探，踩牢，往起站，阿合的手伸过来，没有多想，一把握住，站直身，旋即甩掉他的手。

油然而生的是羞惭，自己的手毛糙难当，掌厚指粗，哪如阿合，一个男子的手柔软、细致。

该让阿合嫌弃了吧？她想，愁云笼罩，眼前发黑。

阿合好像并不嫌弃她，候在窄路上等她回来，随手采红刺果、黑莓子吃。

附近阒无一人，连着的巴掌大小的七八块荞子地，都是史尼的爸爸就着山根水畔的杂地刨了石头、乱草花垦就的。

阿合说，他在帮他爷爷放羊子，五只，在那边的坡上吃草。

史尼让他把羊子赶过来吃荞子茬，遗落的荞子粒也不少。

阿合不肯去，蹲下站起，帮她捆扎荞子。再次表示，帮她背回去。

史尼还是不让，怕她妈妈看见。

后来，犟不过阿合，由着他给背了两趟。

中间，史尼回了趟家。

她妈妈躺在床上，偶尔呻唤一声，听她打算背运完荞子再收工，明显地表达出自己的满意度。

她快速上楼，放下绾至小腿肚的裤管，取出一件会客、赶场穿的红底黄白花相间的衣裳，在胸前比画了几下，扔床上，再把放下的裤管重新绾上。梳头，梳下几片碎叶子，掬拢头发，扎上。扫视着放在桌上的几瓶润肤露润肤霜，手指颤动，顺着桌面移过去，挑了瓶雪花膏，开启，抠出好大一块儿，急忙忙往脸上涂，汗渍、不断外冒的新汗相混合，脸都快糊住了，赶紧擦掉，脸皮发烧、轻痛。

下楼来，抓起两个早上蒸的掺得有洋芋块儿的冷荞麦面饼子当晚饭。

出了门又折转来，舀了几木勺子蜂蜜在一只陶罐里。

夜里，不知什么时间，摸黑回到家，屏住气，蹑手蹑脚，她妈妈还是感觉到了，问她荞子都收回来了？告诉说，摊开晾干就能打场了。又听得问：

"阿芝来帮你了吗？"

阿芝是她从小一起长大的朋友，从东莞打工回来休年假，二十天，已经用掉一半。却嫌假期过得慢，在山上快变傻了，也不管史尼这长年待在山上的朋友听了是什么心情，继续说，以后的年假和春节假期要凑在一起休，这个时间跑回来，人影影都见不到一个。她所谓的人影影单指年轻人，各家各户多的是爷爷奶奶辈的。像史尼父母这个年纪的，算没本事只能守着山里的一点土地和山货生活的中年人。

史尼回答，就自己一个人。

"嗯，"她妈妈犹自疑惑，"我咋觉得不止呢？"

"另一个是我的影子。"

以后，她妈妈会想起那一个夜晚，再怎么在一无遮拦的天空下都不会有影子，不管人或者动物或者树，除非鬼，不是有月亮的日子，即便月牙儿。

可晚了，史尼的肚子凸出来开始招人眼目了。

史尼的妈妈还有所不知的是，阿合来他爷爷家的那几天，厌烦山里闷的阿芝去西昌城找朋友耍去了。

要不然，就不是阿合，而是阿芝，蜜蜂叮花似的黏着史尼不放了。

也不能说是阿合在黏史尼，史尼说，她和阿合是在互相黏。

连着几天，史尼做好早饭，也不等她妈妈，先吃。然后带上现蒸的荞麦、玉米面饼子，上山挖葛根，捡鸡枞、青冈菌。

这都是每年荞子收割后，追着菌子季的尾巴必须做的事，她妈妈毫不以为意。

不过，第三四五天，一早空气里飘荡起的煮香肠腊肉的气味，让她很诧异。

史尼只是简单地答复说，得补充点肉了，干活没力气。

连着两天都这样回答她妈妈。

最后一天她妈妈急了，扒拉着史尼的背篼骂她，想胀死，还是想香死呀？难道家里的肉都让你吃光才安逸啊！

史尼的干粮里不单加了现煮的香肠腊肉、准备兑泉水的蜂蜜，还有一陶罐自家酿的清甜的桃子酒，也一并放在背篼里。

阿合每天都比史尼早到，在他们约定的青冈林边等她。

他给爷爷奶奶编的理由也现成，上山挖连香树、红豆杉，连根带土，打算移栽到县城家的后院，尤其红豆杉快绝种了。

他爷爷认为挖树苗和放羊并不冲突，都是指头粗的小树，费不了多少力气，但他再不肯带上那五只羊。

他爷爷最后只得说："不想放羊就不放，你好歹得扛把锄头吧，不是要挖树吗？"

看他在斜挎包里装了原本号称带给奶奶的奶糖、红枣、芝麻糊，又往里塞给爷爷带的苏打饼干，问他，芝麻糊在山上怎么个吃法？

答称，可以干吃，也可以就着山泉水调稀了喝。

他爷爷唯有感叹县城的生活惯坏了孙子，就晓得口腹之欲。

阿合未必着急于自己需要的那几种树苗，而是跟着史尼去她熟悉的鸡枞生地，再四下里挖葛根。

他用力不均，三几下，不是把葛根挖断了，就是挖劈了。

史尼不好意思阻拦他，便掏出一把小镢头，示范性地环绕着葛根的四围慢慢往下刨。

虽然费时多，刨出来的葛根却很完整，长的扁的，史尼就手先在旁边的溪水里冲刷得白生生水灵灵的，再垫上一截木头，用小刀切成寸厚的片儿晾在青石头上。

不时地，自己吃，也递一片两片给阿合吃。

间或，还得把手巴掌当扇子用，扇开飞来飞去扰人的蝴蝶、七星瓢虫、野蜂。

到中午打尖时，两人相向而坐，互相递吃的喝的，几乎不对话。

他们中间漫散开铺排着各自带来的食物。

事情慢慢做下来，时间被充满了，两人说话、做事也变得自然、默契了。

这一天，他们计划干的活都很有成效。史尼捡的鸡枞大丰收，分了一书包给阿合，还有大半背篼，葛根都没地方装了，只好留待第二天来取。

阿合呢，因为挖的树棵过多，不得不再栽回去。

鸡枞背回家，史尼的妈妈装了一簸箕，让她送去阿合的爷爷家。

史尼的妈妈刚听说阿合回来看爷爷奶奶，丈夫那边又没传回消息，心思不免轻动，还是希望维持住这桩婚约不变。

阿合的奶奶正把住孙子在跟前话长短，听见史尼在外边喊，下意识地摁摁阿合的肩，好似让他别发声，自己慌忙出去接应。

阿合的爷爷已接过鸡枞，一边说，我们捡到的鸡枞也够晚饭炒个菜了，故意绕开阿合不提。

史尼也不像平时，会拐到厨房、后园子帮两位老人多少收拾一下，嗯嗯几声，簸箕也不拿，立刻扭身回转。

第二天两人在溪水边见面，只字不提昨天傍晚的事。

史尼问阿合的足球呢，他们小学毕业照里的那一个。

阿合偏头反应好一阵："哦，那个啊，没多久就踢破了！人造革的。"

这种材料的，他号称自己踢破的不下十个。

"哪种不容易破呢？"史尼问。他说：

"皮的，牛皮的。"

"那你也踢破过吧？"史尼又问。

"不是我"，阿合说，有点遗憾似的，"都是我朋友踢破的。"

史尼翻检着她昨天晾在青石头上的葛根片，再问："电视里那些球员踢的足球肯定都是牛皮做的吧？"

阿合讶异道："你还看足球赛呢？"

"我爸爸不看篮球的时候我就看，现在他也跟着看，瘾头不比他的NBA小。"

阿合又讶异了："你还知道NBA呀！"伴随着一声笑。

"你笑我，CBA我也晓得！"史尼说，抬眼看他，脸涨红，垂下脑袋又摆弄她的葛根片。

那个时间太阳爬过山爬过树林子，当空照着他们，小河两边顺山势而上的林子里，鸟儿高声低声都清亮地在鸣叫，史尼也随着斑鸠、画眉，时不时呼应几声。

阿合承认他是在笑话史尼，一点点，史尼会是一个体育迷，他觉得有点不搭。

阿合说，一般的女娃儿都不会喜欢足球篮球，他们班上的女生，追的都是唱歌跳舞的偶像组合，那些少年男子弱不禁风、粉白红润，女生们一见就尖叫，神经得很。

又说，女同学里喜欢足球篮球的，在于她们的男朋友或者她们中意的男生喜欢，她们才跟着喜欢的。

还说，在男生欣赏球技的时候，女生们记住的是球星的脸蛋、身材、名字、趣事……

然后，他张口结舌，说不下去了，看向史尼，那一位，两眼如钩，已经盯着他好一阵了，直盯进他的心里。

风，流贯在青冈林里

"两眼如钩""盯进心里"，包括之前带点儿文艺的话，以及情景，都来自我妈的注脚。

我妈说，爱情在史尼和阿合两人间产生了，问我难道感觉不到吗？

就是没有阿合的版本，我也不认为爱情在阿合和史尼之间产生了。要产生，也只在史尼那里。

我妈没等到我的回答，她其实有结论。她说，如果给他们足够时间的话，他们会幸福的吧。

我说："那个时间足够让史尼怀上莫勒的！"

能听见我妈深深的吸气声："可怜的史尼，她能熬过来，多么不容易呀！"转而问我：

"好奇的猫，你啥时候发现莫勒是他们的孩子的？"

"第一眼看见他们三人在一起时，"我说，"这么说，您肯定不信，但我确实感到他们三人的身体在互相吸引……"

我妈打断我："又是你那一套，植物也是有父母子女的，天生就往一起凑，何况动物，又何况高级动物的人类！"

她张开手臂："来吧，女儿，"玩笑道，"我可是一个吸盘呢，吸不过来你吗？那你吸我啊，别只想让我吸你，自己从不主动！"

等史尼的妈妈发现她有身孕时，已经想不出什么办法来终止了。

她妈妈捂着嘴躲在羊圈、仓房哭，不敢让丈夫听见。

把史尼拽到少有人去的青冈林，责骂她成心装怪，怎么会不晓得怀娃娃了嘛，肚子鼓出来一坨，羽绒服都遮不住。

话到气头，握紧拳头嗵嗵给她脑袋几下，要不就打在她的背上。

史尼说，先不晓得，后来晓得了却不敢吭气，怕被爹妈打死!

她妈妈发狠说，现在打死也不迟。再下不了手。

母女俩挨在一起哭了又哭。风在冬天干枝燥叶的林子里打旋、尖啸，一阵一阵，猛吹得她们泪湿的脸皮破了似的疼。

她妈妈问她，是想生米煮成熟饭吧？

不为她的回应，说，来得及个屁，婚事都退四五个月了。瞪眼她，又说，不要告诉我，这你也不晓得！

晓得，但没往心里去，也没把自己视为阿合当然的老婆，先想到的是阿合的爸爸。

不管什么时候，阿合他爸那张皱展随意的脸只要浮现在史尼眼前，就让她心堵气胀，还有点怕。

那一天在村道上被阿合的爸爸叫住时，当然不是叫她，是在叫阿合，她掉头看见竟然是阿合的爸爸，脚下一乱，差点跌在阿合身上。

前一秒阿合正抱怨，说，他爸爸忽然打来电话，让他立刻回去，本来说好陪爷爷奶奶十天半个月的，这还不到一周呢。

更料不到他爸爸神兵天降，现身亲自叫他来了。

他爸爸说，刚在山背后做了笔土货生意，顺路。

他问他们，脸皱成一团，也可以视作笑成了花朵，眼睛却发着狠：

"在说啥有趣的，唧唧呱呱的？"

阿合说："没啥！"

史尼嘴顺："足球。"

阿合紧急看她，但见她一本正经，哪能忍，仰头就笑，安静的山林田块都被晃动了似的，鸟虫惊扰。

当爸爸的一把拽过阿合，再反手一推，把他掩在自己身后，问史尼说：

"阿芝在县城里耍，你怎么没去呢？"

这是不用回答的问题，史尼歪头，视线下垂至自己的右手腕，那里戴着一条玛瑙珠串，是阿合前一天送她的。

阿合不承认那是专门为她准备的，号称忘记给妹妹了，史尼也不戳穿他。

史尼的姿态气得阿合爸爸干瞪眼——这是史尼和我妈讲时的原话，好一阵才缓过来。

他让史尼看着自己，站得有站相。"长辈在和你讲话！"不解气，厉声道：

"要不然说你配不上阿合呢！"

还要给上几句吧，可能觉得不必要，嘴张合几下，没再出声，反正这两个孩子的婚事已经被他们大人撤销了。他所代表的男方家该承担的责任，经过之前三四天的唇枪舌剑，最后按乡规民约，以钱计算的女方家的损失，已经赔付干净了。

一把攥紧阿合的手腕，再一拉扯，拔腿便走。

山道狭窄，阿合似在礼让他爸爸，脚步慢下来，稍落后，反手冲身后的史尼扬扬抓在指间的手机，一道白光闪过，那手机便掉进了路边的杂花乱草中。

在爷爷家吃过午饭，郑重道别，和他爸爸下山的路走了一大半，阿合报告说手机落山上了，表示要返回去找。

他爸爸自问自答："落哪里了？不就是你和贾瓦家女儿说话、有刺梨树的地方呗！"

他爸爸明明知道贾瓦家的这个女儿叫史尼，故意拉开距离，不叫她的名字。掏出手机，给阿合的爷爷拨了个电话，让老人家去村子的后山上，有几蓬刺梨丛的地方，找找阿合的手机，可能丢在那里了。找不到就算了，说，他再给娃儿买一个，本来上大学也要换个新的。

后一句话是说给阿合听的。

阿合的爷爷当然找不到那个手机，史尼已经捡起来妥妥地放在了身上。

史尼的朋友阿芝从州府、县城耍回来，觉得史尼与自己走之前有所不同是自然的，遭遇退婚了嘛！

被退婚者初开始都比较萎靡，伤自尊，没面子，因此有受困一辈子的人也不奇怪。

史尼的表情里好似受的不是退婚的打击，嘴角眼梢含着笑意，老是若有所思的样子。阿芝问她当然问不出来，每每给她一掌说：

"想啥呢，眼睛盯哪里，又直了？"

阿芝的假期到了，史尼和家里说要送阿芝去县城赶火车。

说好住一宿回来，却连住三夜，后两夜都是她一个人。

那两天大亮大黑前，总之，对面望过来不容易看清面目时，她不远不近地挨近阿合家，希望能等到阿合。

还守在阿合的中学门口。放假了，人员稀落。心想，万一阿合来看老师呢，万一阿合专门来学校的操场踢足球、打篮球呢。

总有男学生三五成伙地欢闹着出入校门，手里不是足球，就是篮球，也有握着乒乓球拍、羽毛球拍的。

望见过阿合的妈妈两回，一回就在他家门外，一回在街上，还碰到几个村里的熟人，都赶紧扭开脑袋，加快步伐，怕被发现。

有次，听到喊她的名字，装没听见，那喊声也执着，只是越喊越没底气，终于判定自己认错了人，敛音收气。

阿合的手机在她这里，她想而又想，可以假意送还手机去敲阿合家的门，即便他不在家，也多少能打听点他的消息。

如果开门的是他爸爸呢? 不禁打个寒战!

就是他妈妈，解释起来也很费口舌，还不一定说得清楚。阿合的妈妈一定很奇怪为什么是她捡到的手机。

内心里，史尼也没那么想把手机交还给阿合的家人，期盼的还是阿合自己来取。

她已在阿芝的手机上练过手，再来操作阿合的，毫无障碍。

以后她会知道，手机一般都有密码，是手机的主人设的。

阿合显然没设，所以，她先找到机主的号码，打过去，没声音; 再点开通讯录，挑了个彝族名字的号码打过去，还是没有反应。

她把手机颠来倒去地折腾了一阵，均无果，不知道对方已经注销了这个号码。

倒是能随意点开阿合手机里的信息。她看了又看，很多字她都不认识，意思大概猜得出来，阿合果然是足球迷，学校的内容之外，以足球的往来消息最多，比赛，球星，和朋友约赛。

独有一条信息，史尼觉得和自己有关，有人约阿合：

"哪天我们去看看你的小鸡婆子的翅膀扑扇开没？"

其中，"婆""翅膀""扑扇"史尼都不认得，便拆开了，在阿芝离开前，一个字一个字地问清楚了。

问到后，躲在楼上，一连缀，意思出来了。

自己先捂住嘴巴吃吃笑，想不到男娃娃们会用小鸡婆，那满院子摇摇晃晃乱跑着的小母鸡，来与女人相比！

再一思量，自己竟然被形容为一只圆乎乎、毛茸茸的小母鸡，在手机上被阿合的朋友打趣，手机下，阿合的朋友们凑在一起还不知道怎么开她的玩笑，阿合多半也参与其中，心上来气，不禁骂道：

"阿合啊，坏蛋、骗子！哪一天敢来的话，不敲破你的脑壳忍不了这口气！"

她妈妈在楼梯口下面听得伤心，以为她因为被退婚的事在恨阿合呢，心说该恨该打的是阿合家爹那个老鬼！

史尼的爸爸郁闷之极，躲在家里灌酒买醉，嫌被退婚的女儿丢脸，都不好意思出门了。

盘加的浪漫

他不出门，有人上门。

不过一个月，媒人来了。

带来消息说，去年还是前年的火把节上，和史尼家隔着两匹山的切萨家的儿子切萨盘加，在草坝子上赛歌跳舞的人群里见过史尼一面。当时就想找人提亲，听说订了婚，只好作罢。没想到机会来了，当然不肯放过，不会计较史尼是被退婚的女子。

谈聘金时，男方家长要求再便宜点。

考虑到女儿的退婚身份，已经比行情低了，还要低，女方家难免气愤。

僵持不下，忽忽便三个多月过去了。

眼看着这桩婚事快泡汤，史尼眼都不眨，更别说吭声。

退婚的事她的反应也不激烈，经常还能听见她独自呢喃，侧耳细听，只言片语，与其判断是说给阿合听的，不如说是给空气听的，有时拖腔拉调，又像糖化了，黏糊糊的。

她妈妈担心她失魂，暗地里和她爸爸商量要找毕摩来给她叫魂。

这个大女儿一直都很有眼力见儿，体贴大人，从没忤逆过他们，但关乎人生的婚姻大事前后都不顺利，她还这么不动声色，由不得当妈妈的不心焦。

毕摩出门了，什么时候回家没告诉家人；回来有没有时间来给史尼叫魂，也不一定，预约都排到明年这个时候，也就是冬末了。

这是毕摩老婆的答复，一贯夸张，也存一半的实情。

也找了彝话叫苏尼的巫师，可什哈苏尼最近正发癫，请他跳神未必稳当。

为史尼安神暂时行不通，她妈妈又和她爸爸商量，由她带史尼去成都散散心。

他们的大儿子在一个格斗馆跟着也是凉山人的教练学习格斗，二女儿在那里干杂活。

大儿子体格健，反应快，脑子好使，已经上场格斗，有钱挣了。

史尼的爸爸去看过一次，还捎回来三千元钱，说，儿子有出息，受特殊照顾，已经住上单间了。

史尼的妈妈单方面想，觉得自己和史尼可以住儿子的单间，吃饭的话，二女儿来供，随便从厨房收拾点湿的干的混个肚饱不成问题。她和史尼还可以帮着干点活，挣足自己的吃喝。

史尼的爸爸不同意，骂老婆猪脑筋，想事情不拐弯，以为儿子女儿的职场是你家啊，随便去吃住，把你儿子女儿的前途败坏了，哭都来不及。

他真实的想法，其实是不想让当妈妈的发现，儿子把人家打得青一块红一团的同时，自己也同样难看、疼痛。

史尼的妈妈被丈夫劈头盖脸地骂了一通，"唉唉"地叫唤两声，鼓起腮帮子长出气。

眼见的是，史尼的爸爸裹紧身上的披风，蜷缩在锅庄边，随着崩裂发出脆响、蹿红的钢炭火映着他虚胖的脸，时亮时暗，全然一副无计可施的愁样儿。

史尼的妈妈再从敞开的门看出去，外面，雪越下越大，远近的山和树林子都给盖上了厚而白的一层。

又把希望寄托在再过十来天就要过的彝族年。

到时候，外面打工的男女娃儿能回来的都会回来，五六十号人呢，史尼小时候的朋友也在其中，安静了几乎一年的村子转眼就会喧腾起来。还有忙不完的活，杀猪，做坨坨肉，也许史尼会随着过年的气氛不再纠结退婚的事，松快起来，跟着树上的鸟儿唧啾吧。

史尼出现在院子里，随在她脚边的羊羔，要不是眼珠子和四只蹄蹄上的黑，和白雪几无差别。每一次出生的小羊都会是史尼的伴，从她童年起。

史尼回身在看什么，连着三四次，越过石头砌的齐腰高的院墙。

进门后，她说，像是有人在哪里看她，包括她在羊圈边时，不只今天，昨天前天都是。

她爸爸嘟噜说，见鬼了吧？

怎么会是鬼，是史尼未来的丈夫，那个在火把节的聚会上见过她的青年盘加。他下决心再来鉴定一下这位女子是否值得自己要付的聘金数。

他连着看了三天，浓云密布的天空，雪飘开的天空，都低低地垂下来，把这姑娘和她的羊羔笼住了似的。这姑娘套着件绣花镶翻皮白羊毛边的黑坎肩，袖子艳红，拘在天穹下，黑树白雪衬得她走到哪里都鲜明。

后来，盘加说，那三天，他不是在反复掂量、评估是不是要娶史尼做老婆，而是舍不得在他眼前不经意晃来晃去的史尼。

他嘴巴甜，夸史尼是磁铁，把他吸住了，动弹不得。

也可惜史尼眼睛大，眼珠子黑亮，就看家眼前这点山水实在亏得慌。

玩伴不算那只羊羔的话，只有做不完的家务活农活，汲水，搂柴火，挤奶，种洋芋挖洋芋，手脚上的茧皮厚得非得男人刮胡子用的刀片才片得下来。

他拿定主意，非史尼不娶，聘金也绝不少付，他不想让别人轻看他的新娘，不想他的新娘因为聘金过少显得不值钱。

他坚决的态度和关乎面子的说辞，他父母哪拦得住？只能放手，让他自求多福吧。

史尼父母的面子总算捞回来了。

她爸爸进而表示，聘金内外不同，对外，喊八万；对内，减半，四万。

实际上，一开始，史尼的爸爸对聘金就有周全的想法，不及报数，男方家就在那里一口一个退婚女，讨价还价，很伤他的面子，故而，按下未表。

他很欣赏盘加，说，该要的面子得要、该懂的规矩得懂。

确实，被退过婚的女儿，哪还有身价可谈！

史尼这当口却宣称自己有娃娃了。

她妈妈先瞒着，哭过，拉她要跳崖要投水要吃毒，某一天起个大早，顶着凛冽的风，走了三个小时的山路，再坐上班车，来到县城阿合的家。

不好意思在他家说，把阿合的妈妈拉出去躲在墙角，一五一十都说了，让对方拿主意。

她设想的计划，就是让他家的儿子把自己的女儿娶走了事。

仍然是以家庭为单位的两家在较劲，当事人阿合和史尼，被挡在各自家庭、大人的后边，一无所知。

阿合的妈妈惊吓之后也是这样的主意，可她说话难作数，让史尼的妈妈回家转，她会尽量说服阿合的爸爸的。又表示，不管如何，总得有个说法。

说法很快就来了。

天将黑尽时，阿合的爸爸来了史尼家，和史尼的妈妈前后脚。

阿合的爸爸随身带来几瓶江津白酒，不寒暄，直接要了只木碗倒上递给史尼的爸爸，等他抿一口，接过来自己也抿，再递给他，如此往复。

　　两人各自拢着黑披风，蹲坐在燃着红红炭火的锅庄边，昏黑的电灯光下，黑黢黢的两团立锥体，闪跳的炭火光映照出各自脸上的高低明暗，表情淡然，不则一声。

　　退婚时已经伤了和气，史尼的爸爸宣称再不和曾经的朋友过话。

　　史尼爸爸晚饭的酸菜洋芋汤、荞麦面饼子都没沾一下，空腹喝酒。

　　偶尔，他会捏着火钳拨弄拨弄炭火，或者加块儿钢炭。

　　史尼的妈妈端着一钵荞麦面饼子在灶房门口探了好几次脑袋，最终也没有端出来。

　　酒下得很快，空瓶子一个两个，陆续竖了四个在两个男人中间的空地上。

　　阿合的爸爸起身离去时，难免踉跄，碰翻三个，丁零当啷，滚不停。

　　史尼的爸爸猛地跳将起来，扑倒阿合的爸爸，披风甩在一边，劈头盖脸地打了一气。

　　两人还是不过话，房间里，包括史尼待在其中的楼上，充满了呼哧呼哧的喘气声和血腥气。

　　阿合的爸爸伤得惨，头脸、胸脯、胳膊在史尼爸爸的拳头下，皮肉翻飞。

血却是史尼的爸爸流得多，简直在喷涌，阿合的爸爸在抵挡他时撞了肘他的鼻子。结果，他又得捂鼻子，又得打阿合的爸爸，忙乱不堪。

酒劲爆发过后，再也支撑不住的史尼爸爸，绵而软地倒在地上。

史尼的妈妈舀来凉水，阿合的爸爸接过去，擢到史尼爸爸的后脖颈上，噼里啪啦，拍击不止，为的是抑制他的鼻血。

史尼从楼梯上几乎是滑下来的，肩头上去，扛开阿合的爸爸，连声喊她妈妈来帮忙。

阿合的爸爸巴不得似的，偏偏倒倒地出了门。

不消片刻，又返回来，脚跟抬，脚尖踮，前后晃，探出指头，戳一戳史尼的妈妈，让她的视线跟着自己的指头所向，直到门边一个鼓鼓囊囊的布袋子，努努嘴，转身，再不露脸，彻底消失了。

那个布袋子就是阿合爸爸给的说法：赔偿金，如果加上退婚的八万元，共二十二万；生下的娃娃归阿合家，史尼过自己的生活去。

不如自己做主嫁掉

史尼从赔偿金里抽出一厚沓子，连夜摸黑，埋在阿合和她分手的刺梨丛下。

第二天，赶在她妈妈起床前离开了家，直感到她妈妈眼里有火，热辣辣地烫着自己的后背。

她向东走，先翻一道山梁，再翻一道山梁，不高也不陡峭，只算得是连片起伏的山峦在这里的两道细而又细的褶皱，上去下来，重复两次。

越走天越亮，水渣子、野梨子通红、金黄，还残留在各自枝丫上，也越发耀眼，就到了盘加家所在的村子。

所费不过两小时，和小时候跑来看露天电影花的时间不相上下。

在第二道山梁上，从背了一路的双肩包里，史尼取出羊毛线编织、染成黑色的披风，抖一抖，披上，左右掩掩，叹口气，完全没把握能不能遮掩住自己的孕肚。

一边朝山梁下俯瞰，想起她爸爸常说的一句话，翻过瓦吉姆梁子眼界宽。

她翻的山梁，和瓦吉姆梁子一样，只是横断山脉连绵到东缘无数山梁中的一两道，比起瓦吉姆梁子，普通得连名字都没有。

她探身下望的山坳里，此刻缭绕着炊烟、石头木板压顶的土房群落，小小的，掬在手心都可能，也许除了当年放露天电影的打麦场。

有关盘加的印象，一点都没有，要说他比自己大一点，也就三岁吧。他家那个寨子里，史尼认识的姐姐，包括她们各家的男孩也有好几个呢，竟然连听都没听说过他。

她在村口问切萨盘加的家，被问的老婆子热心地告诉她，路尽头的坝子上，那户在翻瓦的人家就是。

一路劲吹，山林随之干响的风在处于凹处的寨子上空变得轻缓，阳光清澈，几朵堆在山顶的云慢慢散开，五六个年轻男子头脸闪耀，眼白、牙齿熠熠，在房顶和地面相配合，有往上扔瓦片、递搅合好的胶泥的，也有揭瓦换瓦、砌瓦的。

他们嘻哈不断，间插其中的是各自的打工或经商的经历。回来过年，难得的假期，他们有的是话，有的是笑。

屋顶上的人先看见向他们走来的史尼，互相捅一捅，手上的活儿、嘴里的说笑齐停顿。

片刻过后，其中的一位，几大步跨到房檐，顺梯而下，快步走来。太急，刹住时，已经抵近史尼的身前。

切萨盘加个头小，却目深鼻挺、面相英俊。

瞬间的惊异过后，他的手上来，捉住史尼的手臂，把她拽到旁边一棵合抱粗的杉树后，眼神尖利、冷淡，他说：

"你肚里头揣着娃娃找我，不管你有什么想法都捂着，哪怕捂馊了，也别往外冒，最好拉稀拉掉它。"又说：

"难怪，你爸爸单独给我打电话约见面，吭吭哧哧，是想和我说这个呀……"瞥眼史尼的肚子，披风确实难遮人眼目，"不好意思吧，你家？这个时候了，还敢约我，特别你，敢带着肚子来找我！"眉头紧皱，声音放大：

"树要皮，人要脸，不懂吗！"

史尼想自己就是没打算要脸才来的，要说的也只两个字，干吗要捂，干吗要拉掉。"娶我。"她说。

盘加倒抽一口气，差点儿呛着，眼珠子鼓得牛眼般，眉毛、鼻子、嘴巴移位、变形。好半天，话才出口：

"你不害羞，我害羞啊！"

说完，跺脚，回转身，暂时迈不开步，好歹得平复一下心情。

史尼犹疑着，在他背后嗨了一声。

盘加掉转头，史尼的表情与其说骄傲，不如说莽撞，她说：

"我会给你生好几个儿子的。这个娃儿你别管，我自己养，我有钱。"

盘加后来告诉史尼，她那天的表情，尤其是"我有钱"那句话，害了他们的关系。

而他不得已，还真的花了史尼的钱。

那之前，他先在山西的一家煤窑干，一周休息一天，其余天数都在井下挖煤。一月六千元，除去吃饭等花销，一年下来，能省下四五万。

这样的预期他觉得可以接受。

但坑道死了人，几个云南人说，那天发生了崩塌。实际并没有，是他们故意敲死了自己的一个同伴，讹了矿方一大笔赔偿金。

他感到恐惧，第二天便去太原，找了个送外卖的活。

也是不顺，刚干了三个月，竟然被一辆三轮车刮倒在地，伤了左脚，只好做做歇歇，收入减了一大半。

勉强维持到年底，回家准备过年。

想不到，一年不顺，好事却从天而降，心仪的姑娘同意嫁给自己，赶紧筹钱、修整房子，打算趁兄弟伙差不多回乡的这几天把婚事办了。

钱筹起来没那么容易，海口又在史尼的父母面前夸下了，正自愁上愁，史尼找上门来，带着孕肚，也带着钱，唯一的条件是娶她。

本来都用不着过脑子，直接拒绝才是上上策。

瞬间的起念还是舍不得这个女孩，一年前在火把节的聚会上相见恨晚，半个月前又潜行去她家所在的寨子靠近欣赏过——咦，当时怎么没发现她有肚子呢？难道光顾着望她的脸蛋儿了？

这是盘加的本心。

他也承认史尼的钱让他内心挣扎不休，尽管羞愧，借来一用的心思却渐渐占了上风。挣到钱还给她就可以了，他最后想。

史尼的钱他哪里好意思尽取，只用一部分做聘金，给了史尼家。

通过媒人的手，聘金交到史尼爸爸的手上时，史尼的妈妈看盘加的眼光闪烁，要不就避开，给他的感觉是在故意让他不舒服，好像晓得他用的正是史尼的钱。

史尼哪里来的钱，是不容多虑的，山上她这样的女孩只要勤快、不怕吃苦，都会给自己准备一份私房钱，靠着从卖山珍的收入里抽取零头，一次次地积累，手巧的在绣自己的嫁衣时，也接活。

挣钱的途径很多，只是私房钱多少而已。

盘加的妹妹藏的私房钱就吓掉过知情者的下巴。她带去婆家后，居然够在县城边开一家擀制毡子的作坊。

如果史尼的钱是她自己积攒下来的，盘加拿来补贴聘金尽管丢面子，却不至于丢得精光，哪想到那笔钱简直可以说是史尼卖孩子的钱。

史尼没打算把肚里的孩子给阿合家，她要带着孩子嫁人，嫁给貌似先看上她的盘加。

她的父母绝不认可，谁家的根根就得归谁家，这是规矩，他们坚持。

盘加表示愿意收养史尼的孩子，史尼的妈妈却劝他千万别被史尼动摇，让他等着养自己的娃儿不迟！

进一步，还说服盘加和他们一起骗史尼，好让她相信她会达成养这个孩子的心愿。

史尼的妈妈解释说，这样做的目的，是为了避免史尼生产前情绪波动，影响身体，万一闹下病才是大麻烦。

计划无可挑剔，婚事顺利推进。

过完彝年的第三天，迎亲的队伍来了。

清晨，背朝太阳，黑压压的一群男女自东而来，被史尼的女友们拦在村口，把准备好的清泉水，迎着阳光，晶亮地一盆盆泼出去，务使新郎方的人员个个变落汤鸡。

还不罢休，胆子大，动作又快的，专门负责朝接亲的小伙儿的脸上抹烟炱。

婚礼如常，一无破绽。

只是个别负责拍照的人，事后翻看照片，如果仔细，会发现婚礼上免去了新郎的弟弟或者堂弟中的一位背新娘的环节。

新娘由娘家妈搀扶出来，直接跨上院门口一匹等候她，和她一样披彩挂色的矮马儿，在迎亲男女的簇拥、歌声笑声中前往婆家。

新娘在婆家待了两夜就回来了。

风俗正好用作挡箭牌，新娘怀上新郎的孩子前，都可以住在娘家。

史尼的新郎离家打工时，她没有去送行，新郎也没来告别。

杏子的果实还带着花蒂密密麻麻结满枝条时，史尼生下一个男孩儿。

阿合的妈妈提前回来等在公婆家，这时立即来到史尼家的后墙，接过等在那里的史尼妈妈怀里的孩子，再不回公婆家耽搁，直接踏上回程的山路。

半路上，猛劲刮来几股乱风，天昏地暗，树林子摇摆不定，雨水倾泻而下，即刻泼湿了祖孙俩。

奶奶搂紧褓襁中的孙子，在满是湿漉漉的松针、青冈叶因而滑溜的山路上踉跄着，一边爱怜地对孙子说：

"你小子多硬的命啊，招来这大风大雨！让爷爷给你起个风的名字吧！"

"风"，彝音汉字，用的是"莫勒"二字。

儿子的名字莫勒，时隔九年史尼才知道，他的模样也是。

打工时和阿芝的相处

奶奶搂着莫勒在风雨中前行时，史尼睡着了，连着睡了两天两夜。

她妈妈为此和她爸爸议论，史尼这是在装睡，孩子的去向她心知肚明，装不晓得罢了。

十天后，史尼开始收拾行装，不和父母说话，也不对视。

临走前一个小时，才告诉妈妈，她要去东莞打工，阿芝已经在那里给她找了一份活。

她妈妈一听怎么了得，手刚搭上她的小臂，便被甩到了一边。

她爸爸在旁边狠声说："走吧走吧，走得远远的，瘟神一样，看着你我就心堵。"

出了门，她妈妈在她后面跟了一截，心疼她月子都没坐完。

担心发奶，她都没给女儿炖只母鸡，每天都是煮洋芋烙荞麦面饼子，酸菜洋芋汤都不敢给她喝。就这样，史尼的胸襟上还时时洇湿着。

到了县城，史尼绕过阿合家，直接到火车站买上坐票等傍晚经过这里的直快。

候车的几个小时，她吃了两碗康师傅方便面，要的是牛肉口味的。泡得后，把汤都滗干净了。

她还忍着渴不喝水。

上车前，她给成都的妹妹打了个电话，让她来接站。她用的是阿合的手机。

阿合的手机她到东莞两年后还在用，显示屏的斑驳、裂纹严重影响着文字的清晰度，雇主丰姐担心以信息传递自己的指示有误，出钱给她换了一部华为的。

阿合这一部是水货，苹果，便宜得很，不及华为三分之一的价钱。

她来东莞干的第一份活是给手机拧螺丝，和介绍人阿芝在同一个车间，同一个宿舍里还调成了上下铺。

刚来时，湿气、潮气黏在皮肤上，外衣都能浸透。

渐渐，还有点喜欢这种潮湿的天气，皮肤滋润了、白了，脚掌脚后跟上厚而糙的茧皮也软了、稀薄了，就是手指头不能稍细，比阿芝的粗三分之一还多，灵巧是一点都谈不上。

阿芝说，拧螺丝的活没有技术含量，只要心细，挣钱轻松。

可她干不了，练了多少回，手也不配合，不是掉螺丝，就是掉手机。管事的没来得及训她，已哭得稀里哗啦。

半月下来，仍滴泪不断，何至于，众人没有不惊讶的。

不等给她换工种，主动要求去食堂打下手，择菜洗菜，淘米揉面，不管哪样，只要不让她摸螺丝，她就干得了，还高兴。

阿芝嫌她没志气，就认得家务活，引介她去了隔壁的毛巾厂。

没几天，又自荐到毛巾厂的食堂打工，连包装毛巾的活，她也不愿意做。

某一天老板娘来检查食堂卫生。

这家私营小厂和大多数同样性质的小厂一样，也是老板娘管后勤。

老板娘微服私访，难得见到灶台、桌面、餐具明光可鉴，还不腻手。原来是新人史尼所为，当下默记，也不声张。

以后半年，或者大张旗鼓或者再微服，不论视察还是打探，食堂的卫生仍然得到充分的维护和保持，史尼也都一副笑模样，讨人喜欢，老板娘便问她，愿不愿意去家里帮忙，工资多两倍。

史尼哪有可挑的，当即应承下来，在老板娘手下做家务活，也接送孩子上学放学。

三四年下来，老板娘和她的口味都有调和。史尼更有变化，以前见都没见过的软塌塌滑溜溜的章鱼鱿鱼、带壳的蟹虾、满盆蠕动的沙虫，总之，都是让她起鸡皮疙瘩的东西，也能烹制得和当地人无异。

除一年一次的探亲假，恰逢彝年或夏天的火把节的话，史尼会穿彝装外，平时都是一身汉装，薄裙子始终不习惯，太轻飘，也短。

老板娘——几个月后就和她称姐道妹了，夸她脸美、身材挺拔："可惜窝在山里，没有星探来发现你，不然的话，都大明星了吧？"

尽管每天和老板娘在一个桌子边吃放、一座房子里睡觉，但史尼的时间是以阿芝为轴心来延长的。

阿芝总来约她过周末，逛街有限，不是和家乡人聚会，就是和阿芝的工友玩。

男人有接近史尼的，听说已是他人妇，都会回避，落得她清闲，耳畔眼前都是别人的脸和事，偶尔有趣。

想得也透彻，人活着什么样儿都有吧，比如她，明明有阿芝在身边，还有相熟的其他人，大家聚在一堂，喝酒吃饭，说说笑笑，却好像只她一人和身处的环境、人群不相干。

男人女人白酒啤酒杂喝喝到醉，不断有青年男女弹吉他、吹弹口弦，用彝话用汉话唱歌，也朗诵彝族的史诗，还有自己写的诗和散文。

当中的荞花、桃林、鸟儿、星空、山风、阳光这类物像和史尼认识的不一样，听着它们，和自己有揪扯感，史尼会欣喜，也会伤感。

某天，她申请也表演一个节目。

那种热闹的场合里，她一般都沉默着。此时大家就很期待，一片安静。

然后，鸟儿叫了，斑鸠、喜鹊、布谷鸟、老鹰、麻雀，她一一对应，不下十种。

第一次听的人总会小小地惊奇一下，说，想不到老鹰的叫声比较它的凶猛算是温吞的。

从此，史尼只要出现在聚会上，都要贡献一个鸟儿叫的节目。

有支打工的年轻人自组的小乐队，慕名找来，请史尼配合他们录制了一首歌，就叫"家乡"，在史尼的鸟鸣声里，混合着男声四重唱：

满满的花绣在山上绣在地里，绣在姐姐的

裙子上……

这是后话。

史尼的欢喜在聚会上，阿芝的也在，她忙着在恋爱。

喜欢阿芝的男子，彝人、汉人都有，阿芝自己喜欢上了其中的一个汉人。

阿芝再出现在老乡堆里时，碰到的男人没有一个是友好的。

有一位称自己气得脑壳都昏了，胸也闷，说，难道我们这些男人是摆设，要不快死绝了！一边使劲灌白酒，咕咚声都能听见。

酒劲一上来，咋咋呼呼地邀约上在场也半醉的人，摇晃着便去阿芝的厂门口要找她的男友打架。

几个保安闲得正手板心发痒，懒得废话，当即接招，闻声赶来助战的，三拳两脚，再抡上几棍子，打得那帮酒疯子落荒而逃的，醉卧难起的，一败涂地。

阿芝自此再不去和老乡聚会，史尼也只能跟着不去，心里大感欠缺，倒是记了不少诗句、歌曲在心里，不时念诵、哼唱。

有一天，阿芝专门来她的雇主家，摁门铃让她出来有话说。

出去一看，原来不是阿芝一个人，那个汉族男子也等在一边，拖着两只行李箱。

阿芝说，她要跟这个男子去香港，说，他有亲戚在那边，生意做得红火，等着他们去帮忙。

史尼感到难过，也紧张阿芝不在自己周围的日子，两手攥着围裙用力，脚也并在一块儿互相蹭。

阿芝硬把她的手分开，让她抬头，眼睛看自己，许诺，混得好的话就来接她。

本来两人说好这一年的假期约着去香港耍的，阿芝已经去过好几次了，号称，给史尼当导游只有她享福的。

阿芝第一个建议史尼去耍的地方是迪士尼乐园。"过山车高得呀，还没坐头就晕了，"阿芝说，"坐上去旋转开的话，魂都得给你吓掉，我敢打赌！"

阿芝走的时候是秋天，冬天春天，一天天，史尼数着过完了。

夏天刚开始，雷响过，闪电相伴，雨哗哗，白烟弥漫，积雨从高处往下倾泻，什么都挡不住，转眼，横竖街道便淹没在了浑浊的雨水里。

就是这样的雷雨天，阿芝回来了，挺着孕肚，瘦得剩一把骨头。

史尼的时间轴随着阿芝又开始转，每天晚饭后收拾停当，包括每周一次的休息日都去会阿芝。

阿芝告诉史尼，那个男朋友哪会有亲戚在香港，骗人的，其实回的是那男子顺德乡下的老家。以为钻在那里，靠他家的一个养鸡场致富后再告诉史尼不迟，没想到鸡瘟一波又一波；男人呢，不理事，完全是个赌鬼，这边养鸡耗钱，他那边赌博扔钱，几下就把十年八年的积蓄弄光了。自己是偷跑回来的。

阿芝拍拍肚皮，恨道："这娃儿管他儿子女儿，生下来不如卖掉！"

史尼骂她疯说，她靠过来，与史尼头碰头："也算一条活路。"挤挤眼睛，在史尼看来完全莫名其妙。

终于有天话出口，直指阿合家后来那笔赔偿金，想不通为什么史尼把自己的那部分一股脑儿都给了盘加："是你受苦怀孕忍痛生儿子的报酬啊！"

阿芝这话，等于说史尼把自己的儿子卖掉了。

史尼当场要翻脸，瞧着阿芝又大了一圈的肚子，狠话吞回去，只说："那么可惜我的钱，你找盘加要来花嘛！"

阿芝租了一间平房等着生产。

多亏有心机，缝在裤腰里的一张银行卡里藏着一万多元，这个紧要关头才能帮她一把。

告诉史尼，她的钱维持一年的生活只有多没有少。

她租的平房是房东搭盖的，泥巴糊墙，油毡苫顶，不足十平方米。阿芝触景有感，老哼唱一首叫"八步半"的歌，说，北京打工的人也就住那么点儿大的房子，"哪里有我强，我还有两台对着吹凉的电风扇呢"。知足有乐。

除了房租、水电费，确实多花不了钱。怀孕坐月子，衣服胡乱对付，七八个月就过去了；吃的呢，有史尼带来的雇主家的剩菜剩饭。比起街边小摊，都算高级食品，鱼虾，时令的蔬菜水果，过期三两天的牛奶饮料、鸡蛋。

也未见得那么好，史尼带着那些食品几乎穿城来到阿芝的租屋时，尽管有冰袋，还是躲不过发酸。史尼也不能天天送，三两天的存货再吃，馊了及至臭了，阿芝都忍着不吭声。

史尼心疼朋友，每次去，总要买一样两样点心带上。

阿芝也时常出外吃上一盘炒河粉、几个生煎包子。

不敢走远，也不敢光天化日下出街，羞于自己的大肚子，又没有男人相伴，碰见家乡人难堪。

可远近的消息，她知道的一点都不少，晃晃手机，得意地应对史尼的疑问："你的手机能和我的比吗？你那个完全是聋子的耳朵！"

说归说，她会发一些自认为有趣的文章、歌曲、笑话，包括自己对生活的感悟的文字给史尼，也教史尼使用手机银行。

史尼用来用去，都是存几个小钱。

阿芝呢，号称自己在理财，而且是全面开花，比如，淘宝上买点卖点小东小西，咸鱼上倒腾点二手货，像圆根萝卜这样的山野蔬菜她都能隔空在凉山的两个县转手挣钱，时不时买只股票，基金定投一直在做，时时在手机上看那些弯弯曲曲的红线绿线，翻看这个那个炒股能手的博文，兴奋懊悔失望不忿交替上脸，配以吱哇叫。

剖腹产麻药过后，疼得龇牙咧嘴，躺在身边的儿子不肯稍顾，攫住她眼珠子的还是手机上各路发财致富的消息。

月子一坐满，把儿子扔给他爹，也不和史尼打招呼，没影儿了，手机处于关闭状态。

儿子的爹，那男子有心和阿芝复合，这样哄那样求，阿芝都不为所动。

又原来好赌的是阿芝，不是那男子。阿芝是嫌乡下无趣跑掉的。

那男子守着阿芝的租屋耗了一个来月，即便有史尼每天专门赶来相助，还是手忙脚乱，婴孩不是受寒拉稀，就是上火起疹子，只有送回去给奶奶养一条路可走。

跟盘加走

史尼以为那男子一走，阿芝就会出现，没出现。

隔过十天，发来一个信息，说，自己在老家了，馋史尼，问她回不回来，菌子冒得满山都白了黄了，炖鸡汤吃香得死人。

消息时断时续，越往后越少，史尼开始适应阿芝可能再也不出现的日子，更多地投入到雇主丰姐家的生活里，还常陪丰姐逛街、做头发美容，捎带装扮自己。也和小区的妇女往来，也去老乡的聚会，凑一块儿说说听听彝话都舒心，还做坨坨肉酸菜洋芋汤吃。

这道菜总不合口，即便用从老家带的猪肉、酸菜和洋芋做食材，只能怪水，大概这里的水煮食海鲜更般配。

阿芝神出鬼没，毫无征兆地打来电话说来东莞了，还说盘加也来了。

盘加和他家的消息，史尼一直都知道。消息源很多，只她父母传递给她的已足够。

和她娘家一样，盘加家，应该说婆家，因为退耕还林，也拿到了一笔搬迁费。史尼家就近在镇上安下身来，他家却去了县城边。不晓得盘加兄弟俩用自家的安家费在做什么，听说要盖的四层楼一直没盖起来，地基上荒草蹿好高，公公婆婆又迁回山上的老屋了。

阿芝说，盘加让她给史尼传话：三天后，在距离丰姐家不远的一家茶楼吃早茶。

她过去时，阿芝陪着盘加已经在那里吃开了。

靠窗的桌上盘盏碟八九，生煎包、虾饺、榴梿酥不一而足。

阿芝起身相迎，盘加屁股都没欠，翻眼瞧她一眼，没表情，眼珠子凸在薄眼皮下圆圆的，筷子、勺不离手，还单独加了碗馄饨面。

盘加绷面子，故意给她好看，史尼只能受着。对这个男人她有大愧疚，四年过去了，不能缓减，反而更甚，夜里不知梦里还是非梦里，盘加生气的面孔都会迫近她。

可不是只有这一副面孔吗？盘加对于她，她确实就见过这个模样的盘加，那一天，在盘加正翻瓦等着迎娶她的房子前！

阿芝在旁边，她说不出道歉的话，那是她一直想对盘加说的。

又哪里想得到阿芝某一天会和盘加走在一起？她悔不当初把盘加借她钱的事告诉阿芝了，实际在她这方面是歉疚费，一开始就没打算让盘加还给她，更巴不得盘加把那笔来自阿合家的赔偿金花得光光的，败掉都不心疼。

阿芝的表现过于殷勤，不是招呼她吃这样那样，就是给她布菜，还不时为盘加打点几句。

七八个月不见，阿芝老样子，话多，主意也不少，却不断地觑史尼，带点故意，有啥隐情，忍不住要暴露似的。耳听得阿芝又在替盘加的好胃口圆场：

"盘加一年到头都在矿上，吃不上喝不上，一下山，路边小店的辣椒炒洋芋丝都能连吃三盘，更别说回到成都了，火锅顿顿吃不嫌腻，还专挑牛羊肉吃。"

难道阿芝这大半年都在和盘加混？她这席话明摆着就是这意思，巴不得天下人，尤其史尼知道。

此前，在和史尼频繁的微信语音、视频和电话里，阿芝从未提过盘加，哪怕一个字。

每一回，阿芝都在描述自己的发财大计，说，要投资，提到过餐饮业，也提到过开挖铁矿、锡矿，还有赌石，赌称作"南红"的玛瑙石。

又告诉史尼，某天在格斗馆看了场史尼弟弟的格斗，夸史尼的弟弟已经是格斗馆的头号招牌了。

史尼知道这事，她妹妹在电话里说过在格斗馆见到阿芝了，好几个男女一道。

现在史尼想，那几个人里或者有一个是盘加？

史尼妹妹没见过姐夫，即便盘加在场她也不认得。史尼结婚时，史尼的弟妹都没回家，家里没让他们回来。

史尼越联想思绪越纷乱，眼前闪过的都是阿芝和盘加或并肩或相随在山上和集市里的镜头，喧闹的成都街头也有他们的身影，同涮火锅，逛春熙路，觉也睡过了吧？

恍然明白过去的半年时间，阿芝实际上是在有意疏远自己。电话接起，不是大喘气，就是杂音闹耳，给史尼的感觉都是阿芝正忙大事无暇闲话。好不容易说几句吧，还说不到点上，全然没了以前的默契。

史尼先还难受、自责，是否自己在阿芝怀孕、生子时照顾不周？

当年，要不是阿芝一声一声的召唤和接应，自己哪有勇气离开家来到这人生地不熟言语还不通的地方。几年过去，挣了点钱，有了底气。

另一方面，史尼也感到，阿芝有话说时也会和她微信语音聊上半个小时，各种零碎都是谈资，好像对她没什么不满。

史尼盼着和阿芝通话还有的原因是想和她说彝话。

史尼在丰姐家干活已经第四个年头了，丰姐很信任她，把她当自家人，该不该她范围内的活儿都派给她，包括去银行存现金，安排她为自己和女儿的丝衣、家里的枕套绣花，当然月底的红包会相应增加；还时不时和她说自己的烦心事，找她讨主意。

某回，丰姐告诉说，她母亲以前也是做保姆的，被人称为惠州女。

那叫惠州的地方，女子自作主张，不嫁人，某一天自己将头发缠起来，姑娘变妇人，出外给需要的人家当保姆，养活自己。

丰姐这是拐着弯儿在留史尼。

史尼当然意会到了，未必愉快，她哪有给人家当保姆的想法，回家都羞于提及，担心她的家人嫌她伺候人，没面子，还特别叮嘱阿芝替她保密。不好驳丰姐的面子，她真心相待自己，故意问说：

"难道你妈妈也像尼姑似的可以还俗再结婚的吗？"

这是不用回答的问题，丰姐亲昵地拧一拧她的脸颊，夸她进步快，汉话普通话比自己强，粤语日常也没障碍，主要是知识面打开了，表达能力也强。

史尼听她表扬自己，高兴是高兴，却担心忘了自己的彝话，夜里躺床上总要悄声唱几首彝语歌，还常听凉山台的彝语节目。

史尼周围少有说彝话的对象，阿芝指望不上，成都的妹妹三两句后就是汉话，妈妈那里还是不想多联系，怨她送走自己儿子的心情仍然不能排解。

某次手机上和阿芝谈及自己的忧虑，阿芝点拨说："哪能忘掉彝话，那可是母语啊，是你还怀在你家妈肚子里就懂得的话，出生的第一时间就听见的话，长这么大，一直都在说的话！"

阿芝还是比她有见识，可在盘加在场的情况下，史尼不再愿意承认，抵触心渐生。

转念一想，自己哪有抵触的资格，和盘加的婚姻就是民间约定，国家不承认的话等于零。再说，也没和盘加有过哪怕一次夫妻生活，空担了一个名义，阿芝这时要说她和盘加是一家，虽然晚了，史尼想，自己还得给补一份贺礼呢。

想得到，做不到，言语中不断顶撞阿芝，那一位也不客气。

一边偷眼瞧盘加，还是四年前的瘦骨人，眼睛也亮，不过没有那时烫人，那时是因为气急败坏。对阿芝和她之间的对话、情感碰击几乎不做反应，吃得大概差不多了，拣拣挑挑，时不时啜口茶，混时间似的。

不料，盘加回瞥了她两眼，亮而烫的眼神燎得她痛泪都溢出来了。

盘加推开碗筷，从身边的双肩包里掏出一个鼓囊囊的大信封来，往桌上一墩，说，这是六万，剩下的还要还她三万。给她两个选择，是拿钱呢，还是跟他走？

阿芝霍然起立，风带起来沁凉，看盘加看史尼，也看装着钱的信封，双眼毕张，史尼觉得她的内外眼角都要裂开了似的，腿高抬，碰响勺碟盘碗，踢踏而去。

史尼嗫嚅有声，说，和雇主的合同期还没到，需要协商后才能做决定。

"撕掉，"盘加说，"要赔钱我来赔！伺候人的活儿不嫌丢脸，一干四年！"

史尼其实还有一个说辞：跟雇主一家去香港生活。

丰姐的儿子转年要去香港上中学，她决定先过去熟悉环境，打理刚买的房子，邀请史尼去帮她的忙。调侃她："我看你翅膀越发硬了，别飞哦，我可稀罕你呢。"又正经道，"你和老公结婚手续都没办，属非法婚姻，不作数，不如我给你介绍一个合适你的老公，让你一辈子不受穷，要不，你漂亮的脸蛋和能力都白费了。"

史尼此时二话不说，只问盘加哪天离开东莞，她好做准备跟他走。去哪里没问，已到嘴边的话也强行吞了回去：

阿芝不能跟在身边。

不　安

阿芝、阿芝，放在我心里半个多月。

其间，一切归于平复。

阿合正常出勤，工作进展尽在掌控中，不再见天来我妈家。莫勒连周末都没来过，听说小季给他报了跆拳道班、英语班。

阿合这几天替我出差还没回来，我在已决定刘俞高考结束前暂停一切出京公私活动。

去我妈家是规定动作，隔天下班后，陪她吃顿晚饭，再和史尼一起带她到附近的公园里散散步，看着牡丹芍药打苞盛放、开败。

终于在这天，等着吃饭的当儿，看着安之若素、施施然的史尼，我冲口而出：

"你觉得这会儿阿芝会和盘加在一起吗？"

话出口，我也吃了一惊。

史尼更是，脚步一乱，端着的菜盘子洒出一些汤、菜叶子来，眼睛瞪得溜圆，旋即转向我妈，带点娇嗔：

"阿姨，你管管俞姐姐，她好奇怪，平白无故地说那些，啊唷，故意气我，让我没面子！"

我让她别怪我多嘴，容我说完，我妈妈眼神关切，大有乐于一听的意思。

我说，史尼来我妈家都大半年了，还没有一个准话，到底是留下来继续做家政呢，还是按阿合说的，去学一个看护什么的？这都可以放一边再说，主要是她和盘加怎么盘算的，回老家创业，还是就在外边打工？像现在这样，各在一处可以吗？"毕竟你们是一家人啊！怎么觉得连你们的小女儿逝去这件事，盘加你俩的表达都不对等，盘加几乎空缺。你呢，好像并不在乎盘加的表达，更好像和盘加就没什么联系，从没听你提起过盘加，光说盘加一会儿河北一会儿山东的，到底河北、山东哪个城市哪个乡镇一概没听你说过。不会你也不知道吧？你不知道，也不着急吗？还是想保密，才故意不提的呢？"说着，问我妈：

"也没告诉过您吧？"

我妈点头称是，还牵起史尼外宿那一次，说，她也不能理解盘加为啥不能来家里，又不是什么紧急事务缠身的人！

受到鼓励，我说，想来想去，我能想到的只有阿芝这个理由，也许阿芝抓住史尼在老家带孩子的机会，又和盘加住一起了。"史尼你呢，干脆装不知道，反正你俩的关系里一开始也是盘加更在乎你，你，包括你们家，只是利用了他，还让他很难堪，抬不起头来，花了你的钱嘛。再说你们的婚姻，又没经过法律手续，相当于是一个交易……"

稍加停顿，我又说史尼："莫非你改变主意，不打算干涉阿芝再去缠盘加了。从阿芝污蔑你卖孩子那时起，你就不把她当朋友了，对不对？"

史尼也不管饭吃了一半，扔下碗筷，起身，冲进了自己的房间，留下我妈和我面面相觑。

问我妈，我去哄哄史尼？

我妈说，不必。史尼是聪明的孩子，明事理，冷静下来会知道良药苦口，我们这是为她好，自己就出来了。

我妈居然用了"我们"这词，难得。

我妈说，史尼卸完心里装着的和阿合、盘加过往的块垒后，轻松期太长了，所以，我的问题就是她的问题。阿合出差前，她还专门和他讨论过这些问题，当然不完全一样。叹口气，又说，怎么就觉得史尼对自己以后的生活十拿九稳的样子呢？对自己以后的生活"难道，真如你担心的，史尼会和阿合死灰复燃吗？我瞧着阿合，可没那心思，自打史尼向我们敞开心扉后，他给自己解套、卸套，都不来了"。

分析得很有道理，另一方面，总觉得我妈嫌阿合不来寂寞了。

如果史尼有打算，或者学护理，或者找老公，我妈真的要寂寞。

想着，再看我妈，色暗神郁，难道已经开始落寞了？

夜里，都快十一点了，接到我妈的电话，赶紧躲进厨房，听她说，我离开不久，史尼就打自己的房间里出来了。

我妈果然了解史尼。

转述史尼的话，用的词却一贯带着我妈自己的风格，说，史尼光明磊落，连和阿合之间的伤痛，特别指莫勒，都悉数告诉我们了，还有啥好隐瞒的！

一个转折，说，如果算的话，只有一件事，就是她来往我妈家和我家的路上，两边都不打招呼，突然岔出去，并不是去观赏京城的名胜，而是到和盘加约好的地点见面，外宿那个夜里也如此。

话到这里，我妈咋舌，叹息史尼可怜，什么事都让她赶上了。责我不该和史尼提阿芝的，伤她的自尊。"干吗刺激史尼呀，慢慢的，她都会告诉我的。"嫌我欠厚道。这就忘了她自己也迫不及待。

"告诉您什么，告诉您她和老公盘加一直有联系，还偷偷在见面！"我说，"雷打不动的夫妻，光明磊落，干啥要慢慢告诉啊，还只您一人，完全可以昭告天下。这算啥理由呀？"

我的诘问尚未落地，我妈的回答便叠加上来了：

"史尼瞒我们，是为了更好地瞒阿合和盘加，尤其盘加，万一知道帮助史尼的是阿合，该多搓火啊，再燃起来，烧着谁，或者自己被烧着，那可就出大事了！"

后面这句，语调拉长，像在吓唬我，立场又转回到史尼那边了，完全不讲原则，还担心别人搓火，她女儿我才搓火吧？

问她，史尼藏着的秘密还抖了点什么给她？

她认真地纠正我不是秘密，是计划。不过，要等到年底盘加结束打工后才能实行。话里透着丝丝欣喜，许是觉得史尼还有得时间陪她吧。

史尼的计划是围绕着盘加设计的，让他跟着他的伯父学习做毕摩。

毕摩，我当然知道，在凉山出差期间，跟着阿合，我还观摩过毕摩做的叫魂法事。当时阿合的爸爸就势也想请现场的毕摩给阿合叫一下魂，不是让他改行，而是觉得他老是心不在焉，"不晓得望着天上的云在想啥子"，这是阿合爸爸的原话。

我妈的认知能力让我很钦佩，从史尼那里听来的何谓毕摩，不过三几个小时，就能现炒现卖了。我也不拦她，想给我的经验补充一点知识。

她说，毕摩，上通天文下达地理，兼悬壶济世。毕摩可以说是乡村智者。传统上都是世袭的，由家族内的男子承当。

然后，盘加的机会来了。其实，这个机会很久以来就在那里候着，只是看盘加两兄弟和三个堂弟谁中选了。盘加的伯父没有儿子，一直以来都想培养某个侄儿来担起家族的责任。盘加是这家的第一个儿子，条件最成熟，但最不积极。

史尼放下吃奶的孩子跑出来找盘加，可不是她婆婆说的追着老公的屁股耍来了，我妈说，而是要坚决、彻底地把盘加拽回去，让他和自己的弟弟并堂弟们竞争当毕摩的资格，他伯伯下了有利于他的最后通牒。

"你看，"我妈说，欣慰之情我在电话这头都能充分感受，"这不天下的大好事吗？史尼说，毕摩在她们老家可受尊敬了，我感觉，人们尊重他，不单纯是精神层面的，实际也有需要，懂草药，听说有些还接受过中医西医的培训，小病小痛不在话下，相当于赤脚医生吧。嘀嘀，才多久的事，史尼这个年龄的孩子已经不知道赤脚医生这个词了，纠正我，毕摩不打赤脚，也没有人喊他们医生。"

这老太太，也不管夜深，她女儿我该休息了，越说越兴奋，试着叫她"妈妈、妈妈"，干脆没听见，似在征询我，实际上自己在下结论：

"对了，史尼不是会识别药草吗？有她辅佐盘加，我看盘加成器啊……"

我放开嗓子又喊了声"妈妈"，我妈骤然停止，稍顿，还是倾吐完了对盘加的期许："……有日可待！"

我妈的好心情贯彻至此，更加让我诧异，她居然一点点都不震惊，在她眼里弱势不及小猫小兔的史尼其实一直在利用阿合、利用她，也包括我。我问她：

"您不觉得吗？"

我妈说，她对史尼的理解盖过了震惊。反说我：

"假设你是史尼，赌你有史尼的聪明，可你那毫不通融、自以为是的个性，再好的戏也会让你演砸。"

"看吧，"我说她，"您吐露真情了，史尼在演戏吧？"

不算突发事件

早上车到刘俞校门口，临下车，刘俞气恼地说，夜里被我的电话吵得没睡好，头昏脑涨，今天模拟考考砸了得怪我。

接下来的一路上，她爹，一贯蹭车的人，不停地警告我，高考前这半个月，再敢在女儿在场的情况下和我妈煲电话粥，他就敢摔我的手机，包括我妈的也敢摔。又说：

"真闹不明白你跟你妈怎么回事，区区保姆竟让你们母女劳心动肝，大费周章。你妈多不通情理的一个人啊，史尼的本领也太高强了吧，把你妈晕乎得不知姓啥名谁了，你也是！刘俞高考的事你和你妈电话里说过几次，又说过多长时间，话题就离不开史尼、阿合，现在又加上谁了，他们各自的情人？哎呀，这都快成你们母女俩的习惯性聊天题目了！"

唠叨至他单位门口，下了车，还把住车门不让关，让我少八婆，管自家的事，当前，女儿高考的事最要紧。

刘曦冬说得没错，因为史尼，习惯性地，我一进实验室就下意识地冲阿合的位置看，空空如也，明明我也知道他还在出差中。

小魏却告诉我，阿合回来了，刚还跟这儿和他们聊出差的趣事呢。

感觉他出差还得有几天，没想到已经回来了。

有意等他，下班后，还挨了好一阵，也没等到他。

第二天也不在，就没来单位，我期待的手机、信息铃声至夜间也没响起，想问询我妈，未免打扰，十二点已过，家里的两位正梦乡漫游，无人可解我的烦闷。

日子循环如旧，踩油门，车启动，送女儿捎丈夫，我妈的电话来了，车载蓝牙，我妈慌里慌张说，史尼没了，手机关机，阿合的也关了。

我还没做反应，刘曦冬说："私奔了，这二位。"

不禁侧脸瞪他，女儿面前竟然毫不忌惮，听得后座的女儿也闲闲地说：

"早就看阿合叔叔和史尼阿姨不一般！"

我回话让我妈等我过去再说，专心对付蜿蜒前伸的车流，明晃晃的车顶车尾，瞬间还有晶亮的光圈打旋，迷眼目，骄阳天啊！

刘俞下车消失在校门后，让刘曦冬下去自己打车或坐公交，我要直接上我妈家看啥情况。

车再次汇入车流，比刚才更加缓慢，还得避让挤挤挨挨在车边的垃圾车，后视镜里看得见孩儿她爸陷在尘埃充斥的脏空气里，一副发蒙又不满的表情，和好几个男女争相招停出租车。

我赶到时，电视开着，我妈瞪眼盯着屏幕里的少男少女比试谁的脑袋瓜更聪明，男女主持惊讶、赞美、遗憾，声高声低，背景、着装艳红艳绿。就此来看，我妈家又回到了史尼来做家政前的状态。

我妈找着了切实的证据，一张字条，不超过五十个字，阿合亲笔。

先道歉，因为不能面告我们他俩离开的事。说，他俩找史尼的丈夫盘加去了，他有犯罪嫌疑，他们想抢在警察抓捕他之前，劝他自首以争取宽大处理。

什么情况？原来史尼的老公是犯罪嫌疑人！原来史尼藏着掖着他是有原因的。

我妈把自己安顿在轮椅上，身体紧绷，神情激动，颧骨上干巴的面皮温热泛红，塌而层叠的眼皮覆盖下的眼珠子，两个点，尖锐地盯着我读那张字条。

我读第四遍时，她劈手夺过去，"纸都要让你看穿了，就这么几十个字，至于吗！"她嚷嚷道，"你怎么解释，又是警察，又是抓捕，还自首、宽大处理的，这是演的哪出戏啊？史尼没犯事吧，不是在逃犯吧？如果是的话，老天爷，我不就成窝藏犯了吗！"把那张字条拍在茶几上，"那我也是不知者不为罪！你麻烦了吧？还有阿合，算得上窝案了！"两手齐出，各抓住我的手腕狠劲一拽，要不是我屈膝得快，还不就扑倒她了。

"慢点慢点，容我捋捋，脑子里都乱如麻了！"我说。就便抓块儿毛巾片帮她擦嘴边慢滴答的口涎，再塞了一块在她手里。

又去拧小电视机的声音，让那些美人儿帅人儿自个儿无声地傻笑、尬说去吧。

掉转身，挪坐到沙发上，窗外喜鹊的叫声，还有知了声，声声入耳。夏热袭来，后背、脖颈、大腿闷得汗湿。

听见我妈兀自呢喃，犯罪嫌疑人，犯的是什么罪、违的是什么法呢？

计较有的没的管啥用，凭空摊上这么件无头事端多恼人！

要让我妈也让我自己相信史尼和犯罪毫无瓜葛，我思来想去只有阿合一个理由，以我俩相处时长、超出职场的友情，特别有他的人品做保证，我确定他绝不会给我推荐和犯罪沾边的人。

即便史尼沾边，我确定阿合也不知情，更别说和史尼串通好要骗我们了。

我妈轻摇头，不认可我的说法，说，也许事情没严重到阿合字条里写的那个程度，阿合、史尼故意扰乱我们的视线，私奔了。要说的话，他们私奔的基础是存在的，不考虑远的，近的有一个孩子莫勒呢。说得兴致勃勃，把我当成窝案的一份子也没关系似的。

慢着，我妈哪里有点不对劲？两天前明明对史尼和她丈夫盘加的返乡计划赞不绝口，并以此证明史尼和丈夫的关系稳如泰山。至于阿合，不但我妈有认识，我也有，这段时间以来，随着史尼的情绪越来越安定，阿合伸缩自如，与史尼过往的纠结度大有松弛。我质疑我妈：

"此刻，这里，您却拿私奔说事，莫非，您才想扰乱我的视线吧？"

我妈晃晃身子，眼神也不稳定，"有这种可能，"她说，语调轻飘，"得多方分析吧。"

我不免高声："阿合是治安志愿者，他白纸黑字，言之凿凿，您准备拿来搪塞警察吗？"放缓语气，又说：

"咱们往好里推测，史尼虽然一直都知道盘加在哪里，但她不一定知道盘加是犯罪嫌疑人，阿合却知道，当他听说史尼和盘加一直有联系后，为了史尼，决定冒险去找盘加，之所以会带上史尼，保不齐史尼一直知道她丈夫藏身何处。"

我妈再不打岔，我问她："昨天，包括前天没觉察史尼有什么不同吗？"

"前天远了，昨天没啥不同啊，早饭后趁天热前，史尼还推我绕院子转了几圈，老林家的鹦哥饶舌得很，瞥见史尼就背诗，粒粒皆辛苦翻来覆去，史尼再不搭理它，嘎嘎乱叫，大概把史尼当同类了，你林叔叔就说，谁让史尼会鸟语呢！他一个劲地催史尼应和两句，不然他家贝贝会撞笼壁的，那鹦哥气大着呢，能撞晕过去。那回……"

"哎，哎，妈妈！"

"好的，好的，"她说，"你别吵我，"揩把涎液，指指轮椅前筐内成堆的毛巾片，"硬说不同的话，这个算，本来能用一个星期的，昨晚又添了不少。对了，下午，那么热的天，三十五度，史尼还坚持出去买了把香菜回来，为晚饭的馄饨。然后一直包馄饨来着，醒虾仁挑肠线剁馅，和面擀皮，包了好些，都冰箱里呢，还让你拿一些回去。也不特别啊，史尼不老这么着吗？连鲍鱼都一次性清洗干净放冰箱的。"

"情绪呢？"

"没觉得有啥特别的，一如平常。我跟着她追剧呢，一起看完《海云天》，她还趁广告、片头来回冻馄饨再装袋冷冻，然后服侍我洗漱完躺下道过晚安，才回的自己的房间。

"就是今早上了，不像平日，能听见她在客厅活动，八点左右，会轻敲门等我应答后启条门缝眯眯笑，闪身进屋，帮我起床。

"喊她，先小声再大声，都没回应，我自己挣扎着起来，拉开窗帘，阳光打在银杏叶片上的泛光都刺眼了，还感觉不到她的动静。心想，让她多睡一会儿吧，担心去客厅惊醒她，多在房间里耽了半个来小时，一分钟一分钟地数着时间，忍着，连牙都没去刷。你知道我，早上不及时漱口的话，该多厌烦自己啊！

"嘻，该告诉你的都告诉了，你别假老练，跟我这儿破案了。我啊，同意你的分析，也想明白了，史尼没掺合她老公的案子，但她知道盘加的下落，也有隐瞒不报的过错。哎，我说史尼可怜呢，看，这是遭的什么罪！"

又问我："阿合不是一直在帮警察的忙，当翻译吗？"

"跟这有什么关系？"我不解。

我妈屈指一敲轮椅把，敲痛了自己，甩手不迭，放大声气："笨吧你就，说你假老练还装！阿合一定是在警察那里听到什么风声了，关于史尼男人的，才和史尼一合计跑去通风报信的！"

"您不是说他俩私奔了吗？"

"哎，还等你拿主意呢，我也是疯了。通风报信和私奔都不是我们能下结论的，还不是嗑牙花子，闲的。阿合留下的字条足够报警的，必须报警，赶紧吧！"我妈催促道。

奇怪，我怎么感到我妈早已主意笃定呢！

警方上门

还没实施，警察的电话来了，爆豆子似的急速报上自己的身份，可能怕我以为是骚扰电话挂掉吧。再和缓地放出我的手机号，包括姓名、单位、职位，声称来自阿合提供的短信，已与我所在的单位核实。直接问我人在哪里，确知后，让我等着，他们马上过来。

在警察挂电话的当口，我妈来得及亮明立场，高喊："我们正要报警！"是否如她所愿对方听见了，不得而知。

窗外的银杏夹道过来几辆车，密匝的银杏枝叶不断闭合在它们的身后，眼见着一辆黑色的丰田SUV靠边停，下来两个着便服的男女，左右摆头，目光犀利，我说："警察来了！"

我妈同在窗前张望："哪里，"她问，"我怎么没看见？"

我尚待指点，男警官稍抬头已然发现了我们。

我妈尚疑惑："没穿警服也没开警车呢！"抓住我的手腕，急促道：

"先听警察的，咱们别显摆，阿合、史尼不是表兄妹的事也别告诉他们，说来话长，误事！"

我应声连连，一边过去拧开房锁，候在门边。

感觉我妈双手紧握轮椅把，挺直脊背，在给自己的身体注力。

一男一女俩警官，男的姓杜，细眼阔嘴，满脸堆笑；女的姓张，窄条子脸，清水一般。

听招呼，两人安坐在茶几边，眼睛却四下扫视，连人带房间。

男警官从容地接过我妈递给的糖盒，挑了颗硬糖塞嘴里吸吮，滋滋声响，有片刻声大到被女警官横了一眼，不自知。

两位警官先和我们对阿合留的信息。

我们的写在纸上，他们的，阿合发在杜警官的手机里，一直以来都是他在和阿合联系。"单线，"他玩笑道，"像不像地下工作者，阿合和我？"

我妈笑说他，真逗！

他们掌握的信息，除多了我的手机号、单位等外，和阿合留给我妈的字条一字不差一字不少。"阿合行啊，"杜警官看字条，再看自己的手机屏，"长本事，具备反侦查能力了，一点破绽不露，带着他表妹就无踪影了！"

"长啥本事了，"张警官不屑，"最起码的都不懂，竟敢擅自带离犯罪嫌疑人的老婆！"

杜警官貌似自言自语："这阿合干吗去了，能干什么啊，想当孤胆英雄啊？"张警官"哼"一声："到时，横死在哪里都不知道！"

我妈下巴颏回收，凝神屏气，也跟着"哼"一声，有意停顿，专对张警官说，加重语气："听出来了，警官同志，你这是在吓唬我！你呢，"转向男警官，"在哄我。反正你俩一位唱红一位唱白，当我老太太好糊弄！说到底，老太太我，还有我女儿，可是你们的基本群众呀！你们有啥问的尽管问吧，我们肯定知无不言、言无不尽。不过，在你们提问前，得先回答我的问题。"

她这么一通说下来，到底警察见多识广，不以为意，杜警官还不断支应，"那是那是"，瞧着也就是貌似诚恳吧。一边请我妈发问。

我妈却冲我而来："你知道史尼是什么犯罪嫌疑人的老婆吗？"

当然不知情！

她说："我想也是，要不你敢往你妈家引啊，除非恨你妈不死！"

我发声制止她，不由自主地瞟了两眼警察，以示自己的无奈，也含着请他们体谅的意思。

我们三人目光闪烁，自觉默契地还在那里眨巴呢，我妈一一看向我们，皱巴巴的脸紧绷出大不满来。

"你们是知道的，"我妈说，特指警察，"阿合肯定也知道，但没有一个人告诉我们，来我这里做家政的女子竟然是犯罪嫌疑人的老婆。这个犯罪嫌疑人犯的是什么案子？杀人越货、放火伤人、制毒贩毒……"

"涉嫌绑架！"张警官打断她，干脆地说。

"绑架！"我妈惊厥般地喊道，"多可怕呀，谈不拢的话，被绑的人会被撕票吧？"

说完"撕票"，我妈自己也一愣，杜警官率先笑出声，呛着似的，半弯着腰："哎呀，阿姨，撕票是热词吗？您这么顺嘴！"

我妈脖子一梗："撕票是会出人命的，我小时候捻子……"眼珠朝上一翻，略带嘲弄，"捻子对你们来说算冷词吧，我们淮北老家就这么叫土匪。"杜警官摆出副受教的模样，我妈嘴不停，"那时候，只要听说谁家有人被捻子绑走了，不赶紧拿赎金的话，不出十天，就会被撕票的。现在会有例外吗？我相信不会有。哎呀，史尼不至于和她老公串通过吧？万一史尼的丈夫，那个坏蛋找上门来，我还有得跑吗？"

说不出理由，或者我尴尬，我怎么感觉我妈的表现有点过度呢！瞪眼、张嘴、猛吸气，口涎都擦不及，还捻子长短的，换个场合，她肯定以土匪相称，感觉她成心似的。

又明明和史尼亲热得糖一般都化了，说啥至于不至于的，未必有点风吹草动，史尼就会选她老公站队，翻脸不认老妈你？我心说。

听得杜警官在安抚她，让她别紧张，绝不会有她担心的事情发生。

竟然，竟然，自从史尼来我妈家做保姆后，附近派出所在我妈住的小区加派了辅警巡逻，每天两次。

还有，阿合也不像我以为的全为了史尼才来的我妈家，其实是具有派驻性质的志愿者，负有一定的治安责任，追随史尼逛北京城也是责任在身。

"说到史尼，"杜警官笑道，"阿姨，阿合说，您可疼她了，她也尊敬您，我一二三四的听阿合举例说下来，觉得史尼不就是您的小女儿吗？"转脸问我：

"俞老师，您不介意吧？"

我做了个请便的手势。

杜警官再去安抚我妈，说，史尼是在逃的犯罪嫌疑人的老婆不假，但她本人既无犯罪前科，也无现行犯罪嫌疑，她甚至和我妈和我一样，并不知道盘加涉嫌绑架……起码，同阿合离开这里之前她是不知道的。

现在，她不但知道了，还有行动，伙同阿合，名曰劝服她的丈夫自首去了。

这是警方最担心的事情，严重程度超出了警方的预料，等同于通风报信。还亲自前往，大有合谋的嫌疑。

阿合呢，完全有失于优秀治安员的称号，还十几年如一日呢！目无法纪，擅自行动，如果真是他透露的消息，他的麻烦就大了。

"话说回来，"我妈妈插嘴，"阿合要是真把盘加劝来自首了，如果有啥问题的话，那也是功大于过吧？"

场面安静，房间里只回荡着来自我妈的声音：急迫的说话声，吭哐的轮椅声，她坐在其中，止不住地摆动身子。

杜警官出手摁住轮椅的扶手，说，和缓地：

"阿姨，要想功大于过，阿合此刻就应该赶回来向我报到！"

杜警官来回看我妈妈和我，还是和缓地说，眼神含着的恳切却逼人：

"这个时候应该有人出来制止阿合的盲动，哪怕提供他和他表妹的联系方式也是在帮助他！"

没有期待中的"应该"，我妈和我都没言语，杜警官便左右转转身子，又说，阿合力主把史尼安顿在我母亲家做保姆，看来是有谋划的，我妈和我，好像是被当作堡垒户来为阿合所用的。

我妈气昂昂地说，她可没昏聩到被人利用的地步，尽管老了；她也不是谁的堡垒户，当即拿起手机，点阿合的号码，放大音量，让在座的都听见关机状态，又点史尼的手机号，竟然点出当当的声响，可知情绪之大，还是关机状态。

特别问我：

"你知道阿合有别的手机号吗？"

我妈这是使气，我哪能配合她。

我妈和警察两边都让我尴尬，警察对我们娘俩的疑心就没打算遮掩。

我也在起疑，对象是我妈妈，觉得她在阿合、史尼出走这事上要不太成竹在胸，要不太超然在外，反常。

换张警官出面，很策略地表扬阿合说，在嫌疑人盘加牵涉的案子里，阿合是立了功的。当时史尼假装不会汉话，后来我们知道，她不但会，还操一口流利的粤味普通话。当然，她不是恶意欺骗，是为了顺利找到自己的丈夫。来援助的阿合帮了她的忙，同时，也给侦破这起绑架案提供了一个可能顺藤摸瓜的路径，藤子便是盘加的妻子史尼。

张警官说话的神情，像是在和杜警官议论，实际是在说给我们听。

又说，看来阿合和史尼的表兄妹关系并非优势，咱们的判断有误啊！

她问杜警官，记得吧，当时，派出所的当班民警报告说，阿合的表妹表现得十分抗拒，简直当阿合仇人似的，不是怒声相向，抽身就走，就是恨恨的，一言不发。

杜警官点头应和，说，按阿合的解释，他表妹所以失态、失控，都是面子观在作怪，深以为自己在表哥面前丢脸了。

这个所谓的面子，阿合说，在他的乡亲那里，关乎一个人、一个家庭的荣誉、尊严，爱面子，要面子，面子大如天，为了面子敢赌命，简直成了他的乡亲们的性格。史尼哪会例外，本就觉得矮出人头地的表哥一大截，自卑、敏感，又极度骄傲，多少年来都躲着表哥，表哥却突然现身，还是来帮助自己的，这已经够没面子了，再让表哥误认为自己被丈夫抛弃了，闲话传回老家，加上她人在派出所，还不以讹传讹？当她犯事被抓了，她还怎么见老家的人啊，羞得跳河、找根绳子上吊的心都有！

张警官点评道，阿合这套说辞挺有说服力的，不然，哪会让他介入案子呢？

不止这个原因，杜警官说，阿合的表妹也起了一定的作用。听阿合讲，他表妹从小聪明伶俐，但父母重男轻女，不让她上学，拘在家里带弟妹、种地、放羊。所处的环境呢，出门是山，进屋是墙，斗大的天空，有翅膀也萎缩了。最可怜惜的是，打小就给订了婆家，娃娃亲，生活被动，前途有限，还遇人不淑……"阿合真动感情了，我听他声音都在打战。所以，我们很理解他想帮助表妹的心意，也同情他表妹，这才把可能帮到他表妹的机会给了他，让他配合侦查，依他说的，争取早日抓到给他表妹带来痛苦的男人，再劝说他表妹离婚，开始新的人生。"

杜警官指指自己，再指指张警官，表示他们该说的都说完了，轮到我们了，希望我们像我妈表示的，真正做到知无不言、言无不尽。他说，他实在好奇后来究竟发生了什么，阿合竟然会立改初衷，不惜冒着违纪甚至违法的风险，也不怕他要去劝服的犯罪嫌疑人当头敲他一棒，也把他绑架了要赎金，再万一伤及他信誓旦旦要保护的表妹，又怎么办呢！

杜、张两位警官你来我去，在给我妈和我通报阿合、史尼情况的同时，也兼吓唬我们。

跟着他们的讲述，我也捋了一遍史尼出现在我们生活里的前情后事。

不管我妈承认与否，我认为警官们的判定没错，阿合的确把我妈和我当成了他的堡垒户。单位青海出差时他的异常表现、提前返京，也是为了史尼丈夫的事。

可我对瞒着我们的阿合却怨不起来，心里也满是对史尼的同情，虽然震惊于她丈夫盘加的嫌疑人身份。

看上去，我妈比我更甚，我们眼神相碰时，彼此间的同感能绽出温暖的火花来。

警方掌握的情况大致不差，最有所出入的部分，是娃娃亲那节，阿合跳过自己，把本来属于他的角色给了盘加，起码听者如我，包括警察是这样理解的。

那一瞬间，我又去碰我妈的眼神，这一次她目不斜视，没呼应我，摆出副超然物外的样子。

我看她是故意的，怕警察觉察到什么蛛丝马迹吧。

转脸朝向杜、张两位警官，我妈气色鲜明，态度积极，朗声回应杜警官的问询，还声称和阿合，尤其和史尼朝夕相处大半年，她确有话说。

她说，阿合一开始可能单纯就是想助力警方抓到盘加，好让史尼解脱，等和史尼接触后，发现史尼并没有与盘加分手的想法，留下幼女出来找盘加，是为了劝说、动员他回去做适合他的事。史尼说，盘加不是经商的料，六七年下来已经焦头烂额了。

适合盘加做的事，就是跟着伯父学习，有朝一日，接过伯父的衣钵，成为乡间智者毕摩，为乡人们解忧排难，祛除小病小痛。

这是史尼的愿景，阿合想帮她实现，前提不就是要劝服盘加自首吗？那样的话，盘加有可能少坐几年牢，早日回归社会、回归家庭。

"到目前为止，"我妈说，"警官你们也都知道，史尼的生活太周折了！你们没提起，可能还不知道吧？前些日子，她的小女儿夭折了。为此，我猜，阿合帮助她的心更强烈也更迫切了吧。"

"阿姨，"张警官若有所思地发问，"史尼的女儿是啥时间夭折的？"

我妈回答，一个月前。张警官哦了声，说：

"难怪，那段时间的某一天，阿合没头没脑地说，他不知怎么做才能帮到他表妹。让他说明白点吧，又不肯。"

我妈及时断言："看吧，阿合那时就开始动摇了。"

张警官微露窘相，可能意识到被我妈小利用了一下，起身表示，要看看史尼的房间。

看了一圈，回来问我妈：

"史尼衣服多，还是走时没多带？"

"几乎没带。"我妈说，她发现史尼不辞而别后，第一时间进史尼的房间检查过，"这就预示着，"她宣称，"史尼随时都可能回来，只要找到她丈夫，劝服他，让他投案自首。"

"您这么肯定，史尼告诉您的？"安静了一阵的杜警官插嘴问。南窗的阳光渐高，他的头脸上半部亮、下半部暗，飘浮的灰尘好像生发自他茂密的头发。

"我自个儿琢磨的，"我妈咬了下上唇，"事情明摆着，要不是盘加把自己的生活搞得一团糟，都没有自己的家，带着老婆、娃娃赖住在父母那里，还是山里的老房子，他们幼小的女儿会因为送医迟缓夭折吗！"跟进一步，又叹道：

"哎，你们要早点抓到坏人，阿合、史尼能出去冒险吗？"

离开时，杜警官挨近我，悄声让我随他们下楼一趟。

和我们耗了一上午，所获寥寥，他们也疲惫了吧？眼前的杜警官再被头顶的银杏枝叶一拱卫，看上去精神不振。

我觉得对他对张警官都有点抱歉。

杜警官轻踢着马路牙子，身子小晃着，很打扰我的注意力，他问我："俞老师，您认为您母亲拿史尼的愿景当作阿合舍身求仁的借口成立吗？阿合他有啥必要或者理由要这样做呢？要不，有什么不可告人的隐私吧？"

我眼巴巴地看着他，难道流露出的是小狗般迷惘、求助的神情吗？杜警官高抬手，像要拍拍我的肩，大概觉得欠妥，任由胳膊垂下来，他吭一下，说：

"您真传统，这是为亲者讳？"

难以置信，他这问话完全在坐实之前的三问：我妈的借口如果成立的话，阿合是有理由的，隐私也是存在的。

"杜警官……"我拖长语调叫道，他说：

"我不是有意冒犯您，可我又冒出一个念头，您母亲，她不会受阿合和他表妹的蛊惑，与他们……"难以出口似的，嗯嗯两声，还是缀上了关键词，"串通过吧？"

我把问题踢给他："您为何不当着我妈妈的面冒您的念头呢？"

一旁的张警官尖声笑了下，刮耳膜，杜警官和我都转去看她，她说：

"你俩这是干吗，用问号对话，能对出啥所以然！"

"所以然、所以然。"杜警官重复道，又冲着我说，"俞老师，类似于我的那些疑问，在楼上时，我肯定它们就在您心里翻腾了。您别否定，相信我的判断，就像您是植物专家一样，在观察人这方面，我是专家。"

"正派如阿合，绝不会把我妈卷进去的！"我说。

杜警官边朝驾驶座所在的车门移步，边甩话给我："阿合可能不会，但架不住您母亲会啊，她是自个儿在往里卷啊！"

带着这句话返回去问我妈，那天我想套史尼的话，故意拿阿芝可能还在外缠盘加刺激史尼，我妈也配合后，她和史尼是怎么取得谅解的?

"这有关系吗?"我妈反问。

"有啊,感觉您的立场偏在史尼、阿合那边,直跟警察粉饰他们的出走。"我说,"您不会自个儿往他们的事里卷吧?"

我妈眼睛一瞪,用力:"我没那么幼稚!"再不接茬儿。

这也就罢了,警察上门,对我家来说,史无前例,天大的事啊,竟然不和我议论,哪怕一两句都没有,太不像她的做派了,又添了几分可疑。

她已经一迭声地催我给小邓打电话,请她回来帮忙了。

我回嘴:"急啥,史尼给您存了那么多馄饨,饿不着!"

小季版

实验室的诸位还不知道阿合的事,小魏唉声叹气发的牢骚,都和阿合无干,可能给栽培虫草投的钱有麻烦了。

第三天快下班时，好一阵子不在位置上的小魏冲进来，近到我跟前，粗气急喘，问我：

"真的吗，阿合被他表妹裹挟上跑了？"

奇怪他话里的"裹挟"，还是史尼主动。我没露出来，轻嗯两声，再点头，敷衍他。

"想不到阿合的表妹还有矿洞，听说出矿了，锌矿，富得很，却和另一个股权人发生了纠纷，阿合帮着打官司去了。阿合平常看不出来呀，也是财迷心窍，不知他表妹给他许了多大的愿，假都不请，上头可恼火了。阿合是豁出去了呀，反正他下半辈子有保证了，不必像我们这样苦逼了！"又问我：

"阿合这事靠谱吧？"不肯相信好运落在阿合而不是他头上似的。我说：

"听说什么算什么吧，详情、大概我全不清楚，突发情况，连我妈都不知情，一眨眼，史尼不见了，再定睛，和你听到的一样，连阿合一块儿都消失了。"

收拾桌面，借口接女儿，高考是当前的大局，单位、领导都给开绿灯。眼锋到处，其他几位都支着耳朵，互相使眼色，手上的活儿都停了。

接下来，同一个传说多了几个变体，锌矿变金矿。经济之外就是男女情事，表兄妹的设定根本挡不住流言蜚语，林黛玉贾宝玉都拿出来打比喻，所谓姑舅亲，古而有之。

我开始担忧，午饭后在院子里顶着当头的大太阳，电话里压低声和我妈商量：现在告诉警察史尼和阿合的真实关系也不迟，杜警官他们早晚知道，高科技时代，瞒得了谁呀！又说，其实，警方了解实情后，只会理解阿合，他那是在赎罪，为史尼。

"赎罪，"我妈语气轻蔑，"亏你想得出来！"断然说：

"表兄表妹，阿合、史尼这辈子就是这个名分了。至于他们以前那段关系，俱往矣，对警方破案一点影响都没有，人越少知道越好，这可关乎莫勒的成长。你动动脑筋，莫勒的妈妈可是小季，史尼是他的表姑，就是这么个关系。你一个外人不要去瞎吵吵，人家当事人都悄默静气的！"

哎呀，我妈这不是不打自招吗？看来，她确实和阿合、史尼有所串谋啊！

我妈遮掩得未必高明，杜警官火眼金睛，一开始就发觉了，我不也疑窦丛生吗？

正待请她说分明，她在那边语调挑高："呀，袁警官来了，"话筒并未远离，让我也听见，热情招呼，"快来坐，我正和我女儿聊电话呢！"凑近话筒，冲我说：

"这几天来咱家的都是小袁警官，杜、张两位警官偶尔来一趟。"

我哼哈了事。

哪能了事，回到实验室，小魏告诉我，小季等在接待室要见我！

小季坐在沙发上，看着手机，听见门响，已跃身而起，轻盈、灵巧，完全不受高跟鞋、制服的妨碍。

招呼我一声俞老师，瞧眼表，说，接莫勒前还得回趟事务所。莫勒那孩子认生，见不到阿合和她，或者姥爷姥姥，绝不出校门。

说着话，已踱到窗前，我随她一起立在那里。她话语如流，红唇启合，散自她身上的香水味再轻轻地缭绕过来，好像和窗外丛栽成排、花开无数、红黄粉摇曳的月季发生了某种关联，中介就是和我因月季有缘的阿合啊！

我深深地叹口气，明知阿合不可能和她联系，还是问她，阿合有没有给她来过一条哪怕是报平安的短信。

小季说，倒是自己每天早五点晚十一点准时给阿合发信息，时长时短，内容不是莫勒的，就是她自己的，每一次都问阿合在哪里，需要钱吗，需要帮助吗。没有任何回应。对话框里阿合留下的唯一信息，和给我妈的字条、给杜警官的微信一样，连标点符号都没差别。

告诉我说，她已经联系好律师了，为阿合、史尼、盘加。还说，最后，也许只有盘加需要律师。

史尼、盘加，她叫得很顺嘴，表情也自在，我不禁凑近她的脸，想看出点端倪来。

她上身后闪，笑说："难道史尼、盘加不是我可以叫的吗？"

"可以叫，我好奇的不是这个，"我说，"我发现你不再因为史尼和阿合闹别扭了。看来，你们和解了。"

温都水城她带上莫勒负气离开后，我这是第一次见她。

她笑靥如花，承认自己当时犯傻了，却否认自己是阿合陪史尼去寻夫的知情人。

她说，阿合把她蒙鼓里了，她呢，根本没料到阿合会走这步棋。她找来我这里，打算和我凑情况、对信息，想从中发现蛛丝马迹，也希望在警察之前联系上阿合。

都是你知我知的信息，没有好比对的。也不过早知晚知而已，我基本是最后知道的那一位。

由小季所说推断，我妈位列她之后，尤其在史尼是莫勒的亲妈、阿合史尼纯属邂逅、史尼确为寻夫而来这样的原则信息上。

第一时间知道这些信息只能徒增烦恼，此刻小季抱怨说，烦恼还会累积，即使时时计算和阿合的爱情亲情，再亲情爱情，反复叠加，密集压实，全不管用，焦虑日甚，随时都在往外迸，温都水城之前，还都算小爆发，温都水城时，直接变成冰雹砸地、乱石滚动，噼里啪啦，反弹上来，把脸和脑袋，特别是心砸得疼不可言，还寒得打战。要不是碍于莫勒，可能当场撕破脸皮，幸好没有，不然的话，莫勒就真的会投靠他的"原生妈妈"了，小季声称，那她可要难过死！

这话说得，听得我摸不着头脑，往下听，才弄清楚小季的烦恼和焦虑基本上都因莫勒而起，她忧心史尼会把莫勒要回去，却不担心阿合，说，阿合和她一见钟情，爱情亲情、亲情爱情，愈久弥深，直达大海的心脏，水静如玉，她自信，目前还没有谁，就是史尼也扰动不了。

"何况，俞老师，"她眼睛骤亮，语调轻快，"您也知道，史尼一直都在用心找自己的丈夫啊！"

"自己的丈夫"，她加了重音。

转而音色沉掉，小季承认，她也揪心阿合和史尼重圆旧事。

她用的是"旧事"，好一个说法！

她说，史尼对阿合有无旧情她不推测，她能肯定的是阿合对史尼没有旧情，有，那也不是爱情，是同情，是少年人的混沌情义。邂逅史尼，阿合的情义里，义大举膨胀，一心以史尼为重，为弥补自己对她的歉疚。阿合说，那份歉疚无边际，在于他对史尼犯下了罪。他都不敢细想史尼一个人是怎么过来的，怀孩子、生孩子，最可痛心的是孩子生生地被抢走了。

当年，阿合为此迟到了一个月才来上学，那是大学第二年的下学期。

暑假回家，木已成舟。阿合后来描述他痛恨他爸爸到四肢麻木的地步，那也是在于他不能把他爸爸怎么样，只能自己憋气、忍怒。但他可以退学，这后一点足以击碎他爸爸对儿子他怀有的所有梦想。

他跑到宁波、苏州打了一圈工，是哪怕远远地在哪里看上史尼一眼。他根本打听不到史尼在东莞，专门去成都找史尼的弟妹要手机号也没得到，还让史尼的妹妹臭损了一顿，让他小心被她姐夫捶个稀巴烂。

破局的是莫勒，阿合的妈妈让他妹妹给他发来莫勒天真、纯净的笑声、哭声，留言用的是激将法，说，你想要你的儿子也走你的老路吗？好好的大学不上，到时候怕没有好机会给你儿子哦！

阿合回来继续学业，不想继续和小季的恋爱——其实没有到这个程度，还只在暧昧中。不过，暑假前那半个月，双方使的劲都很大，本来也互为足球队员和啦啦队员，相见相处便捷、场面现成。

某天夜里，阿合所在的校足球队比赛获胜，和啦啦队联欢，他俩灯下遥望，各在长桌的对面，眼神如钩，不约而同起身，来到街灯幽暗的室外。小季说，可他们相拥而吻时，阿合突然失控，下唇磕着她的牙齿破了，腥气四溢，半途终止。

剧情突变，这么个单纯、憨直的家伙，超期过完暑假回来，约见面喝咖啡，说，自己是一个孩儿的爹！

小季惊骇得莫可言状，脚跟着力杵地，椅子刺溜后退，屁股半抬，上身前探，眼睛溜圆，嘴也是，以掌撑住桌沿，两方肩头瘦骨嶙峋，耸然而立，夹着她的脸，成了一座清秀的小"山"。

阿合愕然过后，在心里笑了。后来他告诉小季，这个细节他不停地玩味，也让他怀想。

那个时候，距离大学生被允许结婚还有十多年，阿合却已经是一个周岁男孩的父亲了。小季惊骇的同时，也好奇，这是她的世界不可能发生的事。

而与当事人阿合相关的事却已在她的世界生发。

自从磕破阿合下唇的那一刻，她的眼睛再也不能从这位脸上自有丘壑、眸子黑亮的男子身上抽离！缭绕着她的阿合赛后散发出的汗味、泥巴味、酒味、食物味，并奉此种种而酵成的甘味、馥郁气，让她整个假期都在想念阿合。

心不由己，呼叫、短信阿合不断，后者的响应却有限。

实际上，是被羁绊住了，让孩儿他爹这件突如其来的事故。

"事故"是小季说的，阿合绝不认可，也绝不计较小季用这个词，包括小季的各种说法，还有做法。

小季说，很多时候她都在帮助阿合，想让他轻松点，他的罪过感萦绕在心间不肯稍减，眼珠子因此凝固了伤心点，更黑了似的，这令小季心疼不已。

小季在阿合和他爸爸间起的平衡作用，让她深得阿合的妈妈喜欢。

小季久久为功，阿合再怎么抵触他爸爸，也不再和他爸爸毫厘必争，尽管他一直不原谅他爸爸，认定他是史尼受苦一事的始作俑者。

小季的这个版本和史尼听说的大不同，小季说，她亲妈把阿合的状态比作泥沼，禁止她踏入，这符合常情。想不到阿合的妈妈以己推人，怜惜她，也不忍一派天真、不谙世事的她来担莫勒这副担子，再三劝她为父母着想，"你妈妈养大你吃了多少苦头啊！"这是阿合妈妈的原话。

另一方面，阿合妈妈也担心小季这城市丫头爱阿合未必能爱莫勒，再要有自己的孩子，看莫勒的眼色就更深重了吧？这也是她开初百般刁难小季，想吓退她的原因。

不但没吓退，没过多久，小莫勒跟跄着步子，声声唤小季"妈妈"了。

"说到莫勒的亲妈，你用的什么词来着，原生妈妈，怎么想到的？"我问小季。

这时，我坐在她的车里，承她邀请，先去接将放学的莫勒，再共进晚餐。

接莫勒前回趟单位的计划告吹，小季并不在意，朝我打开的话匣子暂时还不打算合上。

"来自原生家庭啊！"她说，"你们植物界的生态、原生态不是也被借用到人际关系里了吗？"

"那么，"我开她玩笑，"你是莫勒的再生妈妈吗？"

她竟然不顾手里的方向盘，大转头，看定我，字正腔圆："我就是莫勒的妈妈，俞老师，您可别延伸用词！"

我紧着点头，一边给刘曦冬发了条短信，防他电话吼回来，最近牵涉阿合、史尼的话题他就火大。我谎称坐小季的车正在去派出所的路上，有事需接受警察的询问。让他自己解决晚饭，刘俞还是我去接，不会误事。

难得他让我问候小季，追加说："慢开车。"

小季却猛打一把方向盘，我左右一晃，手机差点滑落。

小季险些和一辆外卖摩托相撞，后视镜尚见外卖小哥在那里跳脚骂呢！

冲我吐吐舌尖儿，小季道歉说，自己一碰到莫勒的话题就敏感。

我竟迟钝如此，都不知道小季的敏感所在。温都水城那次，她中午离开，晚上又来接走莫勒，我以为她那是在和阿合耍脾气，哪知是在担心史尼趁虚而入，夺走莫勒。

"难怪，"我说，"我妈妈叮嘱我千万小心，别说漏嘴，暴露阿合和史尼的真实关系，特别在警察面前。如此看来，阿合的表哥、史尼的表妹要一直伪装下去了。史尼你俩也说开、说通了？你是莫勒的妈妈，史尼呢，是莫勒的表姑。"

小季说："是史尼先愿意的。她说，自己看了、感觉了、听阿合讲了，在老家也打听过了，认可我是莫勒的妈妈，也认为由我来抚养莫勒是最好的选择。我们就这样约定了。"小季声渐大，又说：

"如果我不是莫勒的妈妈，我会留学留一半跑回来？不会的。我思来想去，牵引我提前回国的，除了莫勒的小胖手，没有别的。他那肉嘟嘟的小手在我的大腿上抓挠出的痒颤感，直抵我的心房，哪能熬得住不回来。我把这事也告诉史尼了，就是她让阿合约我出来谈话那天，我们三人在地坛公园把一切摊开，掰碎，都讲清楚了，对做出的约定也发誓绝不反悔。"

问她，这些都是我妈让你来告诉我的吧？顺便再在我嘴上加把锁。

小季嗔我用词太见外，"锁"这样的词多伤感情，倒不讳言我妈妈是她的主心骨。说，目前情形下，她既不能向自己的父母，也不能向阿合的父母吐露实情，两边的父母，要是知道了，添乱还不够，尤其阿合的爸爸，万一跑去史尼家找事，老账翻出来，不顾脸面地再撕扯一番，莫勒总要长大，早晚明白事理，到时情何以堪！

还是莫勒！

　　小季说，俞老师，您一定听过阿合的爸爸讲我倒追阿合的故事，他是逢人必讲啊，都成他们家的家史了！

　　开头必是：那个汉族姑娘，首都北京那里的人，爸爸是教授、妈妈是医生，不晓得咋回事，完完全全被我家儿子迷住了心窍，不分春夏秋冬、白天夜晚，追着我家儿子从学校到凉山再从凉山到学校，自己的家也不回了，好像爸爸妈妈也不想要的样子。

　　小季带上阿合父亲说汉话的彝腔，惟妙惟肖，我禁不住笑将起来。

　　小季说，一见钟情的是她，在大学新生舞会上，第一眼，就被阿合迷住了。

　　路数老套，参加啦啦队，追着阿合所在的校足球队满高校蹦跳。某次，大概被她看尴尬了，阿合跑来场边，冲啦啦队说，告诉你们，我有女朋友，在老家！

　　啦啦队的一众女队员齐声喊道，没有复数，只有单数季小贝在粉你！

　　小季说，因阿合有女友的空心感可以用啦啦队的热闹来填补。一边也能感到阿合的眼神，欲看不看，从足球场、训练场、聚会上，甚至酒杯水杯沿、某人的身侧、丛花的空隙，穿过空气，慢慢地抵达自己。

那个过程，好像由她控制，可以确定快慢。

大学的第一个寒假过后，阿合连着三个训练日都没出现，小季以为他退出球队了，问了队长几次，最后一次，告诉说，阿合失恋了。

其实，小季说，就是我们都知道的史尼出嫁了。又说，那以后她和阿合的事，她的记忆包已经挤得差不多了，莫勒却没讲够。

小季见到莫勒时，那孩子两岁大，小季说，是他们大三的暑假。

阿合的爸爸不见外，有机会就给她灌输男孩子的重要性，还不单纯是重男轻女，说，他们彝族人都相信儿子是家庭的守护者，有儿子在，一代一代祖先的灵魂，包括父亲终老后的灵魂便有家可回了。不然的话，他们家世世代代的魂就得四下里乱飘了。暗示她，有了莫勒，生儿生女都由她。

还起劲地教莫勒喊她阿妈，那孩子阿妈喊的是"哦妈"，嘟嘟嘴圆张，羞死她了，哧哧地，就傻笑。

那孩子小小的圆胖身子，跟着她的笑声踊跳，张臂扑向她，肉墩墩的小人儿，力气好大，直接把她扑倒在地，牛奶羊奶的腥味，加上尿骚味，熏得她晕头转向，眼泪汪汪。

"爸爸"这个称呼阿合都不能坦然接受，何况"妈妈"

之于小季呢!

有段时间,不管是阿合,还是小季,都想不到给莫勒买玩具。一直是阿合的家人在买,尤其他妹妹,名义上都由小季、阿合担着,爷爷奶奶总说,这是你家爸爸妈妈给你买的。那孩子稍通人事后,以为阿合的妹妹是爷爷奶奶嘴里的爸爸妈妈呢!

小季说,一开始,她在乎的是阿合,那孩子就像是阿合的一道愈合不了的旧伤疤,阴天、雨雪天就会疼。结果,每一次击中的都是小季对阿合身怀的痛。不由自主,小季开始在他们父子之间搭桥设梁,听那孩子在他爷爷的引导下叫她"妈妈"也不再躲闪,嗯呜应答。当着阿合的面,还时不时含混自称一声半声妈妈,加意逗弄、搂抱那孩子,能感觉到来自阿合的欢喜,眼里脸上,连身体都在反应,虽然含蓄。某天在屋里听得阿合在院子里不知和谁说话,人家问他一个人还是和老婆一起回来的。那时他们已经结婚,毕业刚一个月他们就结了。阿合居然答称,和莫勒他妈一起回来的。

小季定定神:"莫勒他妈,"她说,"不就是我吗?阿合乐意这样来介绍我啊!"

当下,小季一脸庄重,又强调:"莫勒的妈妈就是我,毫无疑问!"

母兮鞠我

放学的小学生们在老师的引导下，疲沓而来，小季高扬起双臂招呼莫勒："妈妈在这儿！"喜笑颜开，活力满满。

刘俞在莫勒这个年龄时，我已然老年肉隐现，眼睛也昏茫了吧？

当妈妈的雀跃不已，儿子却很沉稳，晃悠着过来，扫见我，眼睛亮一亮，叫过阿姨，和小季歪缠要手机玩游戏。这一位威胁要剪掉半个小时的游戏时间，作出剪刀的手势，嘴里还咔嚓有声。因为违规，规矩是饭后再作业完成后才能玩游戏。饭桌上又计较吃肉多于吃菜，会成肥仔，要想长到树那么高，那是妄想，聪明的脑袋也会打折扣。聒噪不休，都是母子的如常戏码。

小季好像等的就是我放筷子，马上抱歉不能送我回单位取车，得赶回家督促莫勒完成作业，说，莫勒还在适应学校，实在比北京那些男孩子太调皮捣蛋。怪哉，反而和女孩子有得架打！

问我，现在的养孩风气是女强男弱吗？又或者女孩没有男孩那么受待见反倒更泼辣？答案都含在她的问话里，用不着回答。这是她的风格，半天下来，我已经多领教了。

她兀自又赞莫勒男孩子气十足，不但让她称心，她父母、莫勒的姥爷姥姥也称心，常向邻居炫耀，说，领着走在路上都带劲，多俊的小伙儿啊……

说着话，她给我约的出租车停在了我们身边，我搂搂莫勒的脑袋，夸他："多俊的小伙儿啊！"

那孩子不好意思，扭身，藏他妈妈身后去了。

从单位开上我的车，环绕在我脑海里的诗句翻涌，禁不住脱口而出："父兮生我，母兮鞠我，抚我育我……"背不下来了，但还一路"生我育我"不休。

接上刘俞，向她讨教，她说，很利索："不考这个！"

却猛戳手机查百度，呀地叫了声，是在叹服我一个理科生还能背诵《诗经》，虽然只是一首诗，还只是其中的三句！

不免得意，告诉她，诗文虽不灵，但《诗经》里的植物，我几乎全知道，这首诗用以起意的莪蒿我也熟悉。

刘俞难得乖，居然答称："知道妈妈厉害。"然后，高

声念道:

"父兮生我,母兮鞠我,抚我畜我,生我育我,顾我复我,出入腹我,欲报之德,昊天罔极!"

特意问我:"您这是要教诲我,还是您终于悟到了姥姥对您的百般恩义,不再对抗她了?"

"也算吧,"我说,"不过,是阿合叔叔家的事,单从字面意思理解。"

"难不成,莫勒确定是史尼阿姨和阿合叔叔的孩子了?"

我长长地咦了声,掉头看女儿,讶异她怎么看出来的!

她让我看路,从右座快速移到左座,朝前来,胳膊交叉搭在我的椅背上,少女清新的汗腥气热腾腾地灌了我一鼻子:

"阿合叔叔有莫勒的时候不到二十岁,也就我这么大吧!"

"可不是吗,小爸爸啊!"

高考的头一天,车停在街边,考场在胡同里,须步行。

周围闹哄哄的,不是考生,就是他们的家长,加上我与女儿。

一个男孩越过我们，没人护送或相陪，脚步迟疑，顿一顿，头回转，厚唇，浓眉，脸颊饱满，冲刘俞龇白牙一乐，掉过头去，继续走自己的。刘俞轻拽我：

"就是他，这下您知道了吧，我可不是在单相思！"

高考结束，刘俞的事仍不能分心，分身都难，牵挂着分数，也不能明说，先陪刘俞完成高考前的计划，去日本旅游。回来，分数下来，报志愿，等录取，再陪着峨眉山张家界一圈玩下来，通知书来了，收拾装备，出席邀请家长参加的迎新会。一通下来，中秋和国庆都过了。

这期间，见我妈的次数虽然不多，联系的频率却高，回头想来，都是我在给她发信息、发旅游途中的照片，日本是三人行，国内就我们母女俩。我妈每一回都会点评，夸风景夸我们的面貌、装扮、精气神儿。时不时也回发来一两张照片，小邓给拍的，人小物大，银杏树枝叶总在镜头里，黄的绿的，还密实，林家的鹦哥笼子，包括林叔老两口也现身在其中的几张里。

张家界游玩回来，某天刘曦冬不经意地提起林叔老两口的忧心，说，史尼再不回来，他家的鹦哥就该抑郁了，怨没人和它说鹦哥话。

这才知道我在外地期间，刘曦冬陪我妈，还捎上林叔两口子，出外吃过饭。不免诧异，问他刮的哪门子风，懂得孝敬丈母娘了。

回我的话夹了一个文学词"牵动"，称史尼都能牵动起我妈的温情来，他为什么不能！

好似真牵动起了，回来后，我妈和我电话时三言两语的总会捎上他。

我妈反而不怎么提史尼、阿合，我也不问，明白问不出所以然来，她可是阿合、史尼坚强的堡垒呢！

我妈被史尼牵动起的温情，好像并没有随史尼而去，基本不找我麻烦，连电话都很少，我正好随心随身过过自己的小日子。女儿不在家，我和刘曦冬年近半百，才得以无所顾忌地游走在客厅、卧室、厨房里。

就是阿合，我也快习惯他不在了。

小季却不是，除了不断给我信息，还随时跑来我的实验室，也不打招呼。开始几次，她总要申明是为阿合递续假条来的，先年假，又探亲假，再事假，单位都快不受理了。

来实验室，几次过后，同事们饱蘸同情、怜惜的热情，特别是小魏包打听的兴趣渐渐冷却，只简单地冲她打个招呼，点点头就算。

偶尔我不在，据小魏他们后来告诉我，她会坐在我的位置上摆弄一下这个那个。要不，干看着阿合的空位子。

小季和我见面后，我们可能去喝杯咖啡，也可能一起吃午饭。

议论的都是她从杜警官那里打听到的消息，还有杜警官的情绪。"肺都气炸了。"杜警官表达过两次，一次是在说阿合、史尼和盘加会合时，另一次是说到阿合的反侦查能力时。

杜警官分析，阿合、史尼，或者他们其中的一位，早就和盘加取得了联系，不然的话，他们哪能想和盘加会合就会合呢。至于阿合，这些年配合警务没白忙，把自己，把盘加、史尼，包括被绑架者遮得云山雾罩，隐身了。

杜警官估计他们要不租车，要不坐大巴，飞机火车不坐，除非慢车，要身份证的一概不坐，还步行。

忽忽四个月了，怪不得杜警官烦躁。

小季也传我妈的话，说，我妈分析，警察已经侦查到阿合、史尼和盘加会合了，盘加的事快到一个段落了。好事情！我妈点评说。

转天，小季电话我说，杜警官知道阿合和史尼的关系了："准夫妻"，尽管是十年前的，杜警官就是这么给定的性。

问小季不知情，还是故意瞒着警方。杜警官说，如果是故意隐瞒，情况很严重，阿合、史尼的"准夫妻关系"，可能招惹到史尼的丈夫，让他铤而走险，伤及阿合，毕竟他二位堪称情敌吧！

还和小季讨论，作为史尼的"准前夫"，阿合到底怎么想的，不是另有所图吧？竟然不管前因后果，以为自己肩担正义，一声吾往矣，闷头就奔向了史尼的丈夫。杜警官称，自己是丈二和尚，摸不着头脑。

小季认为杜警官说这种话不负责任，激动得和他争辩，说，日久见人心、路遥知马力，警方应该操心的是如何保护阿合的人身安全，他这是为了谁才敢冒着生命危险深入虎穴狼窝啊，还不是为了社会安定、百姓平安！

小季又传我妈的话，这次是让我切忌暴露莫勒和史尼的关系。

我妈坐镇后方，有点佘太君的派头呢，正心里调侃她，她的电话来了，没借小季的嘴，消息重磅，语气却稀松平常：

"盘加放人质了。

稍加反应，我的问话便连珠炮似的过去了：

"盘加自首了？"

"阿合、史尼和盘加在一起吗，在哪里？"

"会区别对待吧，警方对他们？"

我妈什么也没回答我，只说："你就这么知道吧，接近尾声了，其他的别说你，我也打听不到！"

我等着小季补充，一般在一两个小时内，至多不超过一天，小季就会给我电话，或者带着消息来找我，她更愿意和我面对面地分析、评估。

不成想，当天夜里都十一点过了，接到的是杜警官的电话，召我去派出所，告诉说，我妈在那里。

义　气

这阵势，感觉我妈被捕了似的，杜警官却说，只是请去询问、做笔录，牵涉史尼他们的事。让我放心，保姆跟着，轮椅坐着。

着急得就是走，刘曦冬也要跟，自报给我开车。警告他，敢在车里跟我讨论我妈这样那样，趁早窝家里。

他未必不敢，只是没机会，去分局的一路上，二十来分钟，一直都是小邓在和我通电话。

她说，我妈暂时不需要她，正在接受警察的问话。又说，自己在派出所院子里打电话，"没得人"，大概表示可以口无遮拦吧。

吭哧一声，嘴张不开，似有难言之隐，又吭哧一声："俞老师，你别怪我，我也没办法，是警察叫我做的，不能不做，叫你做，别以为是你妈妈，那你也得听警察的，对不对？警察是保护人民安全的，他们让我们做的事，是不会有错的。都不用警察给我说，我就晓得，你妈妈退休有年头了，身体又不好，成天在家，最多小区里和八哥、鹦鹉说说话，了解史尼啥嘛，还不是她表哥，哦，不对，阿合利用你，你妈妈最后被他俩迷惑了才上的当。"

我一头雾水。"你做什么了？"我问。

"我给警察当了眼线！"

往下，她不说了，反而"喂喂"，问我："听见没？"

她在那边认真地给我解释眼线就是探子的意思，刘曦冬一上车便拧开了蓝牙，早已听得欢眉笑眼，这时更转过头来找共鸣，难得我俩笑点一致，嘿哈出声。

　　眼前闪现的镜头，一个连一个，小邓胖短的身子贴着门板在偷听我妈聊电话，小邓扒着门缝在偷窥我妈何所为，小邓躲在隐蔽处低声向警察报告情况……但见她眼睛耳朵扩张，鼻子嘴巴脸颊拉扯，表情怪异、夸张。

　　小邓问我笑啥，我说："愁都愁死了，还笑呢！"曼声问她：

　　"为啥呢，警察要你当眼线，监视我妈妈？"

　　小邓纠正说，不是监视，是观察。

　　听她吸一口气，吐半口，激动的心情似有所抑制，再说话，语调、语速渐趋平缓。

　　她说，警察怀疑我妈妈给史尼和阿合通风报信，要不就是他们给她通风报信。警察告诉小邓，在史尼和阿合身后，藏着一个坏人，那坏人是史尼的男人，史尼和阿合立场不坚定，想去帮他逃跑。

　　一个月前，一位年轻女子在小区外截住小邓，给她看自己的警官证，自报姓袁。派任务给小邓，让她观察我妈，看我妈接电话、发微信主要在什么时间，如果能听到、看到我妈在电话微信里说了、写了什么，那就再好不过了。

　　过后，袁警官要不在小区外等小邓，要不微信她，问她观察到什么没有。

小邓告诉她，我妈变和气了，不嫌弃她吧唧嘴，愿意和她一个桌子边吃饭了。以前不小心在我妈面前放个屁，赶紧让她开窗户，动不动问她刷牙没，把她气够呛！也不讨厌她嘴碎了，她说啥，我妈都听着，还问长问短，听说她女儿过生日，给准备了红包。

来回来去，都是这些话，小邓都有点说腻了，袁警官却夸她观察得仔细。

小邓说，袁警官比她更仔细，连我妈妈每天让她提前离开十几分钟都观察到了。

听袁警官一说，小邓也感到了，她说，我妈的确变了，以前她晚到五分钟，我妈就耷拉脸，走时掐着时间才放人。现在我妈体谅她要去下一家帮工，得倒两次地铁，太远，怕她赶不上，总催她赶紧动身。来不及洗的碗筷让留下来，我妈说，她洗，她也需要活动活动。

可小邓有任务在身，非但不能提前离开，按袁警官的要求，还得设法拖延离开的时间，比如借口下一家取消服务了，再不然，手头的活儿怎么也做不完，还故意丢下手机或者钱包再回来取。

终于，被她发现我妈有两个手机。

话到这里，小邓敲打我说："您都不知道吧？"

我妈的手机响时，是下午两点左右。小邓说，那天她假装拉稀，磨蹭着没走。发现我妈妈先拿出一个没响的，再取出响的那一个。

小邓真长本事了，说，这种事，有第一次，就有第二三四次。

摸清情况后，她就和袁警官里外配合，等着抓我妈现行。

可怜我妈妈，哪里知道小邓出门不关门，专门留条缝，是和袁警官在门外听她的动静。

连着几天，我妈接电话打电话，都是一两句话、几个词，甚至嗯嗯了事，根本听不出来在说什么，还完全不带感情色彩。

小邓说，袁警官形容我妈那是在打暗语。

然后，就是今天了，小邓说，她和袁警官听我妈分明叫了声史尼。

话音还没落地，袁警官抢先一步，已推门而入。

小邓说，我妈掉头一看，二话不说，扬起胳膊，就把手机砸向了窗玻璃，哗啦声响过，手机直落楼下。

小邓转述袁警官的话，说，我妈那是故意在给电话那边的史尼、阿合通风报信，告诉他们自己暴露了。

"那么紧急的情况下，你妈妈还顾得上给史尼他们报信，两个手机也是，警察都很佩服，说，这老太太，无师自通，搞得自己跟间谍似的。"

问我，知道我妈专门拿来和史尼他们通话的手机是谁的吗？我等她告诉我，她说：

"你爸爸的，号码没有注销。"

小邓在院子里迎我们时，她边喊着，这边、这边，边收手机。

她一路颠着身子，小跑过来，领我们穿过长走廊，进到深处的一个房间。

她说，警方开始没打算带我妈来派出所，可我妈不肯给史尼他们打电话，让他们赶快自首，别乱跑了；也不肯把他们的电话号码给警察，让警察去对付他们。

我妈说，她记不住史尼他们的手机号，一直以来，她都是按阿合给她设定的数字"1"在拨打电话。

我妈一个人待在房间里，坐着轮椅，并没有小邓渲染的被三四个警察包围着讯问的场景。

桌上放着的那个小邓提到的手机，屏幕纹裂，缺了几小块，后盖上翻，那我也一眼认出确是我爸的手机。

接近午夜时分，我妈没我以为的疲困，也没有小邓描述的亢奋，抬眼看着我们："着急把你们搬来做什么呀，本来也派不上用场，况且，阿合他们传信来说，史尼的丈夫自首了，因为我这边出状况了。"瞧眼小邓，居然有心笑话她：

"按小邓的说法，是我暴露了。暴露了，就得接受调查，这不，还给请到派出所来了，不是被抓了哦，小邓，你要特别搞清楚，别演戏，也演不像！"

我妈转向我们，不慌不忙地擦着口涎，又说：

"阿合、史尼不忍给我添麻烦，已经联系警察了。就你们进来前几分钟，杜警官带头刺溜，跟着张警官、小袁警官也消失了，可能在隔壁哪个房间应对阿合他们的电话。嚯，你们是没瞧见，跟我那个较劲啊，当我是什么嫌疑人呢！你们既来之则安之，等等吧，过不了一会儿，他们准放我回家。"

我坐她对面，问她，确如小邓所说："您是阿合他们的内应吗？"

我妈说，慢条斯理："内应，我拿啥来应？不过是追踪一下阿合、史尼的远近、去了哪里、是否安好罢了！"

小邓回应我妈说：

"梅阿姨，您就是瞧我不起，和您说过不晓得多少次了，金庸的《射雕英雄传》我看过七八回。"

"你来告诉我，我怎么做的内应，给阿合、史尼开过城门吗？"也不是不满意，我妈就事论事地又说：

"神不知鬼不觉，小邓，你就发现我有一部备用手机啊。还趁我不备，把袁警官放了进来，自己却躲在门外看热闹，都不帮我到楼下捡手机，说什么要保留证据。哈，我知道你聪明，就是不讲义气！"

这里那里

离开时，杜警官专门出来相送，谢谢我们的配合。

这让我妈费神琢磨了几天，她认为无论她，还是我，都没有承谢的理由，我们哪里配合过警方呢？尤其她，配合的是阿合、史尼还差不多。

我说，到底还是你把史尼的丈夫逼来投案的嘛，这也算配合警方啊，虽然被动。不然的话，谁知道他们天南地北的还往哪里逛！

我妈猜的没错，杜警官他们是故意把她带去派出所的，为的是逼阿合、史尼做决定：投案，还是放弃他们敬爱的梅阿姨，任她吃几天派出所的饭，以串谋、包庇嫌疑人的名分。

二选一，他们选了投案，在秦岭山区的一个乡派出所。

按阿合的日程设定，放人质的同时，盘加就该自首。可盘加不愿意进了监狱再见父母，史尼也是同样的想法，阿合说服不了他们，只好三人一起乘坐不需要验示身份证的大巴，一段一段地向老家而去，有时也徒步。

归途中，盘加变得很放肆，越是热闹、人多的地方越往近凑，声称，反正人质放了，警察的神经放松后，不会起劲追他了。

劝他少安毋躁不管用，阿合有天便责备他脑壳简单，绑人质放人质，以为路边谁家园子里的南瓜，摘了，被人家发现后，放回去就能算了吗？

盘加不吱声，一个箭步冲过去，抓着阿合的双肩就摔他，嫌阿合拿南瓜来做比喻，把他当啥了，比蚂蚁、比蚯蚓还不如！骂他，最好撒泡尿照照自己，没有德行的人不配活着！

两人都有彝式摔跤的底子，难分胜负，史尼在旁边出脚绊了下，阿合先倒，带着盘加也跌在地上，都不肯松手，地面恰带点坡度，相抱着滚了几转，蹭烂头脸手，各自抱膝坐地上大喘气。歇够，继续赶路。

隔过一天，放走的人质老黄联系上他们，追来了。

他是山西人，会自由式摔跤，三个人就换着彝式和自由式摔跤玩。老黄不是他俩的对手，不愿承认技不如人，感叹自己虚长几岁，体弱力乏，要不然也不会被你——指盘加，裹挟着跑了快一年！

他保证，盘加投案后，会去做证的。他说，盘加没有虐待过他，例如捆啊打的；两人躲在偏僻的煤窑或砖厂打工，按天拿的工钱，盘加也没克扣过他。至于手机被盘加没收了，又某几天没钱吃饭饿肚皮了，这些事情他是不会说的。

他责怪盘加没收他的手机，害他老婆连着七八天联系不上他，差点急疯，要不然，也不会报警的。

他说，自己找回来是想再放松一段时间，一想着马上见到老婆娃娃，都是要钱花的嘴脸，还要筹钱还盘加，那么一大笔，十七万呢，他就胃疼痉挛。

他很享受眼前的生活，吃饭住店坐车都不花钱，花阿合的。他说，他打从娘胎里出来这是头一遭，一边还能欣赏山光水色，相当于旅游，阿合可以说是导游，自己小时候砍来薅来当柴烧的树木、花草，阿合全都叫得出名字，还懂哪些能入药、哪些有毒，盘加的老婆学鸟儿叫也是一绝。

他们四个动辄围坐在树下、花丛边、溪水畔，哪怕就着榨菜吃面包当午饭，风清凉地吹上来，也说不出地畅快。

可惜好景不长，盘加投案的时间提前，老黄说的神仙游半道中止了。

距离他们最近的一个派出所，在二十公里以外，下午他们曾路过那里。

他们当即掉头往回走。阿合说，必须赶在夜半十二点以前，让盘加自首的消息传回北京，那样的话，我妈就用不着在派出所耽上两天了。

投案一说，把乡村派出所唯一当班的民警惊住了，又以为他们在开玩笑，看他们三男一女神情随意还亲热，竟然有绑架者与被绑架者在其中，哪能相信，直轰他们，斥他们扰警，直到听见阿合递给他的手机里传来杜警官的声音。

杜警官给了他一个编号，让他上警网查，免得口说无凭。

那么，像我妈那种情况，作为嫌疑人或者知情者，被请去派出所，留置一天或者两天，有什么凭据吗？应该是有什么说法吗？

　　某一天，我专门给杜警官打电话问询。

　　像他那样日理万机的警察，盘加绑架罪成立，被判两年都坐六七个月的牢了，他还记得包括我妈在内的一干人，令我对他敬意陡生。就是对我的问题回答得比较官方，还帮我廓清、理顺，他说，我的问题有两个，一是我妈当时的身份，二是留置一天或两天的含义。

　　他说，我妈是被盘问人，盘问她的时间没有超过二十四小时，完全合法。如果需要，警察会申请延长到四十八小时的。

　　这我就明白了，那一天的零点以前，为什么阿合非要盘加投案自首了。阿合着急了点，其实，警方滞留被盘问人的时间是以小时，而不是以天数计算的。

　　想着，我就给阿合拨了个电话。

　　春天以来，他常驻我们在他老家螺髻山、小相岭随机设的植物观察点，史尼告诉过我的瓦吉姆梁子就在小相岭，想必阿合就算没有翻越过，也在那里的褶缝里活动过吧。

　　不管哪一处，Wi-Fi的信号都很弱，甚至没有。正是午饭时分，阿合呢，可能就着山羊奶在吃荞麦面饼子吧。随时随地，跟着他的有五只山羊、两只绵羊。

电话的背景音很嘈杂，阿合说，他在西昌，陪小季去会史尼，莫勒也一起。

史尼开了家果品店，也在网上卖凉山四季的水果。这一段时间石榴、早苹果、嫩核桃还待接续，只有水蜜桃，比较平淡，她当街便卖起了凉粉和烤土豆。

做小生意时间机动，好探监时陪盘加的伯父去教盘加学习做毕摩的知识、技巧。盘加还是不愿意史尼当保姆，嫌伺候人，没面子。

听阿合一说，我才想到已是暑假了。可不是，刘俞利用自己大学的第一个暑假做志愿者，到西北支教去了。

阿合又问我们这里的近况，特别问我妈的状态如何。

关涉我妈的状态，阿合这是在找话和我说。实际上，他、史尼常和我妈微信语音、视频，聊天儿。某一天还告诉我妈，要接她去邛海湿地边住一住呢。我回答：

"挺充实的。"

我取的是杜警官的话。他的原话如下：

"盘加那事儿时，我觉得你妈妈挺充实的。"

图书在版编目（CIP）数据

翻过瓦吉姆梁子 / 冯良著 . -- 成都 : 四川文艺出版社，
2022.1

ISBN 978-7-5411-6154-4

Ⅰ . ①翻… Ⅱ . ①冯… Ⅲ . ①长篇小说－中国－当代
Ⅳ . ① I247.5

中国版本图书馆 CIP 数据核字（2021）第 259465 号

FAN GUO WA JI MU LIANG ZI

翻过瓦吉姆梁子

冯 良 著

出 品 人　张庆宁
责任编辑　梁康伟
封面设计　叶　茂
内文设计　史小燕
责任校对　文　雯
责任印制　喻　辉

出版发行　**四川文艺出版社（成都市槐树街2号）**
网　　址　www.scwys.com
电　　话　028-86259287（发行部）　028-86259303（编辑部）
传　　真　028-86259306

邮购地址　成都市槐树街2号四川文艺出版社邮购部　610031
排　　版　四川胜翔数码印务设计有限公司
印　　刷　成都东江印务有限公司
成品尺寸　130mm × 185mm　　　　开　本　32 开
印　　张　8.75　　　　　　　　　　字　数　150 千
版　　次　2022 年 1 月第一版　　　印　次　2022 年 1 月第一次印刷
书　　号　ISBN 978-7-5411-6154-4
定　　价　49.80 元